AF106864

这囚犯的
安静

Translated to Chinese from the English Version of

The Prisoner's Silence

瓦尔盖斯 V 德瓦西亚

Ukiyoto Publishing

所有全球出版权均由

浮世出版社

发布于 2023 年

内容版权所有 © Varghese V Devasia

ISBN 9789358466744

版权所有。

未经出版商事先许可，不得以电子、机械、复印、录制或其他方式以任何形式复制、传播本出版物的任何部分或将其存储在检索系统中。

作者的精神权利已得到维护。

这是一部虚构的作品。名称、人物、企业、地点、事件、地点和事件要么是作者想象的产物，要么是以虚构的方式使用的。与真实的人（活着的或死的）或真实事件的任何相似之处纯属巧合。

出售本书的条件是，未经出版商事先同意，不得通过贸易或其他方式出借、转售、出租或以其他方式流通本书，不得以任何形式的装订或封面形式（除原版外）。发表。

www.ukiyoto.com

致谢

当我对那格浦尔中央监狱的 220 名终身囚犯进行研究时，我萌生了写这部小说的灵感。令人痛苦的是，他们中的一些人并没有犯下被指控的罪行，因此离开了家人并被监禁，使他们遭受了难以言表的痛苦。监狱官员知道绞刑架上的几个囚犯是无辜的，是因别人的罪行而死的；因此，他们因欺骗而失去了生存的权利。他们是社会中没有发言权和被遗忘的个体，主要是原住民、达利特人和少数民族。因此，在很大程度上，印度的刑事司法系统仍然是一个骗局。我在坎努尔中央监狱遇到的两名囚犯迫使我重写我所学到的《印度刑法》、《刑事诉讼法》和《证据法》。

我参观了马哈拉施特拉邦的几乎所有监狱，包括喀拉拉邦的一些监狱、德里的蒂哈尔监狱以及泰米尔纳德邦和安得拉邦的一些监狱。我很感谢监狱官员的安排，让我能够见到那些监狱里的无期徒刑犯。

吉尔斯·瓦尔盖斯（Jills Varghese）是一位具有高雅审美和正义感的人，阅读了手稿；我很感谢他的学术和哲学评论。我感谢何塞·卢克的宝贵概述。White Falcon Publishing 的 Shrimayee Thakur 对这本书的编辑工作非常出色。我很感谢她。

到
无名、无声、无友的囚犯被绞死
为他人的罪行而钉在横梁上。

《囚徒的沉默》是对人类存在的沉思，突出了法律、政治、宗教和上帝的可怕面孔，这些是导致绞刑架的主要征服根源。人的或神的力量产生于暴力和服从，因奉承而繁荣，并通过奴性获得神圣性。这部小说具有深刻的哲学性、敏锐的心理学性、诱人的人性和普遍的社会学性，是人性的束缚、冲突、异化和期待的缩影。

何塞·卢克，加尔各答。

*《囚徒的沉默》*是一部存在主义、主体间性的小说，讲述了两个被判处死刑的囚犯，但两人都面对上帝的故事。

托马·昆吉是无辜的，这是人类的本体论矛盾。基本权利被剥夺后，他意识到这些权利属于有权势、富有和有影响力的人。他对法律感到恐惧和无知，在法庭、监狱和绞刑架上保持着深深的沉默，因为他独自一人。

拉扎克也孤身一人。十三岁时，他逃离喀拉拉邦，并被沙特阿拉伯绿洲的椰枣种植者穆罕默德·阿基姆（Muhammad Akeem）阉割，并在阿基姆的后宫服役。拉扎克在十九年的恐怖之后逃脱并回到了他的家乡。他最大的失望是，当他在泽纳纳第一次见到巴基斯坦女孩阿米拉时，已经十一年了，他没能拯救她。他们彼此相爱，想要逃离并生活在一起。尽管无法发生性关系，但他渴望与阿米拉陪伴，而她也愿意。在波纳尼，拉扎克娶了一位来自卡利卡特的女孩，隐瞒了他无能的事实。一年之内，他用马拉普拉姆剑杀死了他的妻子和她的情人。

拉扎克质问安拉为什么允许穆罕默德·阿基姆阉割他。他想向阿基姆和阿拉报仇；唯一的选择就是像阿基姆一样进化。在绞刑架上，蒙面的托马·昆吉听到了拉扎克微弱的呼喊，这是人类的痛苦，但却是对安拉的无畏挑战。

词汇表

1. Abaya（阿拉伯语）：阿拉伯世界妇女穿的一种长袍式连衣裙。
2. Al-jahim（阿拉伯语）：地狱。
3. Arak（阿拉伯语）：一种蒸馏酒。
4. Akki Otti（Kodagu）：用煮熟的米饭和米粉制成的未发酵大饼。
5. Bahiya（阿拉伯语）：美丽的女孩。
6. Chemmeen（马拉雅拉姆语）：塔卡齐著名的马拉雅拉姆语小说和同名马拉雅拉姆语电影。
7. Gharara（印地语/乌尔都语）：印度和巴基斯坦妇女穿的传统服装。
8. Gursan（阿拉伯语）：一种带肉的薄面包。
9. Haram（阿拉伯语）：禁止。
10. 后宫（阿拉伯语）：一夫多妻制男子的妾室。
11. Houri（阿拉伯语）：在天堂等待忠实男性信徒的处女。
12. 伊布利斯（阿拉伯语）：魔鬼领袖。
13. Jahannam（阿拉伯语）：地狱。
14. Jalamah（阿拉伯语）：羊肉菜肴。
15. Jannah（阿拉伯语）：天堂、天堂。
16. 卡菲尔（Kafir）（阿拉伯语）：叛教者、不信者。
17. Khamr（阿拉伯语）：酒。

18. 库达（乌尔都语）：主，安拉。
19. Lakshman Rekha（梵文）：明线规则。
20. 马格里布（阿拉伯语）：西北非洲。
21. Mashak（阿拉伯语）：山羊皮制成的水袋。
22. Mashrabiya（阿拉伯语）：伊斯兰世界的传统建筑。
23. 马什里克（阿拉伯语）：阿拉伯世界的东部。
24. Mofata-al-dajaj（阿拉伯语）：传统菜肴，鸡肉配印度香米。
25. Mulhid（阿拉伯语）：无神论者。
26. 纳瓦布（印地语/乌尔都语）：英属印度的莫卧儿总督或独立统治者。
27. Padachon/Padachone（马拉雅拉姆语）：造物主。
28. Poda Patti（马拉雅拉姆语）：滚吧，你这个无赖。
29. Porompokku（马拉雅拉姆语）：道路、铁轨等附近未使用的政府土地。
30. Sagwan（阿拉伯语）：柚木。
31. Sjambok（阿拉伯语）：带有锋利金属片的重型皮鞭。
32. Themmadi Kuzhi（马拉雅拉姆语）：教堂墓地的罪人角落。
33. Tu Kahan Hai（印地语/乌尔都语）：你在哪里。
34. 乌玛（马拉雅拉姆语）：母亲。

35. Veshya（马拉雅拉姆语/梵语）：妓女。
36. Yajif Jayidan（阿拉伯语）：一口干井。

内容

沉默	1
细胞	33
游行	64
黑布	92
绞刑架	122
绞索	155
关于作者	174

瓦尔盖斯 V 德瓦西亚

沉默

沉重的脚步声传来，就像乔治·穆肯屠宰场里断头台斩断猪头时发出的嗖嗖声，托马·昆吉一边数着脚步声，一边将左耳贴在牢房的地板上。警告说绞刑架已经为他准备好了。他的母亲艾米丽拒绝让他流产。然而，二十四年后，法官决定绞死他的脖子。托马·昆吉从来不知道法官是他的亲生父亲。

他今年三十五岁，身体健康，神志清醒。

声音很清晰，五个人，四个身材魁梧，穿着靴子，还有一个身材矮小的男人，可能穿着凉鞋。当总统驳回他的最后上诉时，托马·昆吉等了他们一年。他默默地睡到了三点，醒来后，他试图聆听夜里最细微的声音。通常，处决是在清晨五点左右。每天晚上三点到五点三十分，他都期待着脚步声。

由于监狱占地一百英亩，远离主干道，一片诡异的寂静笼罩着监狱，就像阿拉伯沙漠中的后宫一样。穆罕默德·拉扎克（Mohammed Razak）是一名无期徒刑，他向托马·昆吉（Thoma Kunj）讲述了他在卡西姆 Unayzah 的经历，他在那里度过了青春期和青年时代，并在后宫里度过了恶魔般的沉默。它位于穆罕默德·阿基姆（Muhammad Akeem）和他的儿子阿迪尔（Adil）拥有的椰枣种植园中,他们饲养着来自马来西亚、巴基斯坦、黎巴嫩、伊拉克、土耳其、阿塞拜疆和埃及的妇女。阿米拉（Amira）大约十一岁，是一个巴基斯坦女孩，有着绿色的眼睛和天真的脸庞，喜欢用乌尔都语与拉扎克交谈。她祖父母的祖先是勒克瑙的纳瓦布人，在印度分治期间逃到伊斯兰堡，将金片藏在他们的加拉拉下。她可能是妃嫔中最年轻的一个，是没有有效签证的非法移民。但阿基姆很高兴得到她，因为他在阿拉伯各地都有很多人脉，只要年轻女孩有空，经纪人就会联系他。一旦妓女年龄超过三十五岁到四十岁，阿基姆就把她们卖到黑社会，主要是在利雅得。

阿基姆称他的宅邸为"Mashrabiya"，而每个"doxy Bahiya"则为"美丽的女孩"。

这是一座马什里克风格的马什拉比亚建筑，具有典型的伊斯兰建筑风格，有一扇封闭的凸肚窗，上面有雕刻的木制品和彩色玻璃。Mashrabiya 有三层，妇女们住在上面两层。拉扎克的主要职责是提供他非常喜欢的食物。他喜欢女人的气味和声音以及她们色彩缤纷的服装。

拉扎克花了很长时间和他们一起打牌。唱歌被认为是有罪或非法的，但来自埃及、阿塞拜疆和马来西亚的妇女通过互相拍手来唱民歌。当阿基姆不在时，拉扎克经常加入他们。他们的歌曲主要讲述爱情故事、分离、渴望回到出生地以及与亲人见面。它们深入拉扎克的内心，创造出悲伤、

瓦尔盖斯 V 德瓦西亚

悲伤、痛苦和分离的感觉。拉扎克为他们唱了《Chemmeen》和其他电影中的马拉雅拉姆语歌曲。

他从凸肚窗上看到的广阔的椰枣种植园是阿基姆的父亲种植的，他小时候来自也门。种植园位于他全资拥有的绿洲中，距离欧奈宰大约一百公里。阿基姆是他三个妻子的十二个女儿中唯一的儿子。

后宫妇女们闲言说，阿基姆的父亲喜欢打猎，并与朋友和儿子一起在沙漠中度过了很多天。在一次这样的狩猎探险中，阿基姆刺杀了他四十八岁的父亲。当他在炭火上品尝烤羚羊肉时，一根长矛从背后刺穿了他的心脏。作为一名强大的阿特拉特投掷者，他可以在大约二十米外一次投掷杀死一头阿拉伯塔尔羚羊或一只大羚羊。阿基姆杀死父亲时年仅二十七岁，因为他想继承父亲的椰枣庄园、后宫和他创造的财富。

阿基姆每周两次与他的情妇共进晚餐，他们期待着通过吃喝任何他们喜欢的东西来庆祝。Khamr 是一种在 Mashrabiya 酿造的葡萄酒，与 Mofatah al-dajaj 搭配，Mofatah al-dajaj 是一种鸡肉片，搭配用豆蔻、肉桂、干柠檬、生姜和 shaiba 根烹制的芳香印度香米。在节日里，他们珍视 Jalamah，这是一种用洋葱和主要是黑胡椒等香料烹制的小羊肉。他们最喜欢的食物是古尔桑（Gursan），这是一种薄面包，里面有肉、蔬菜和亚力酒（一种用发酵小麦、葡萄干和粗糖蒸馏而成的酒精）。

阿基姆总是表示很高兴见到他的恋人，并喜欢他们的陪伴。每当他从国外旅行回来时，他都会向他们和拉扎克赠送昂贵的礼物。他前往欧洲和美洲出口最优质的枣子，除了用于制作矛杆的山核桃木、红橡木和金合欢木之外，他还为他的椰枣种植园进口了最新的机械。他每六个月至少走访一次阿拉伯不同地区，买卖女孩。

有时他又粗暴又冷酷，大多数女人都对他心生厌恶。主要是在晚上，当特工来收买四十岁以上的妇女时，他用重皮鞭打那些拒绝去的人，鞭打持续了很长时间，伴随着尖叫和叫喊，扰乱了拉扎克在狭小空间里的睡眠。房间靠近厨房。随着岁月的流逝，阿基姆吸引了新的女孩跨越国界，而旧的女孩则消失了。阿米拉（Amira）在拉扎克（Razak）到达那里的几个月前就出现在了马什拉比亚（Mashrabiya），并且是阿基姆（Akeem）每周晚餐后最喜欢的人。

阿基姆有两名妻子，即自由妇女，一名来自也门，另一名来自伊拉克，她们住在不同的双座宫殿中，这些宫殿是马格里布风格的，毗邻后宫。阿迪尔是也门妻子的儿子，他不被允许进入后宫。

阿基姆禁止拉扎克访问马格里布。

拉扎克十二岁时就离开了马拉巴尔的家人。利雅得的一名特工将他带到了欧奈宰，在接下来的十九年里，他在阿基姆的后宫服役，从未探望过马拉巴尔的家人。拉扎克到达那里时，阿迪尔只有五岁，他们成为了朋友，分享食物，在马格里布的庭院里踢两人足球，学习阿拉伯语，阅读《古兰经》，并一起祈祷。马什拉比亚内的寂静令人恐惧，只有半夜里传来妇女的尖叫声。拉扎克的故事让托马·昆吉（Thoma Kunj）感到痛苦，他经常在寂静中体验到恶魔般的沉默和零星的尖叫声。

阿迪尔看着阿基姆阉割他的朋友拉扎克，放声大哭。当拉扎克因伤口化脓而卧床两个月时，阿迪尔照顾他。阿迪尔六岁时，当他接受割礼时，他再次嚎叫，认为他的父亲正在阉割他，他会变得像拉扎克一样。他很高兴看到自己仍然是一名男性，并在十四岁时开始与黎巴嫩女孩发生性关系。很快，阿基姆将一半的财产交给了阿迪尔，阿迪尔在他财产的另一个角落建立了他的后宫。

当阿基姆去打猎时，他从来没有带过他的儿子。

阿基姆的女人们对拉扎克很友善。她们送给他昂贵的巧克力、好衣服、香水，在没人的时候，热情地拥抱、亲吻他，引诱他玩她们喜欢的性游戏。许多个夜晚，他和一个深知如果被抓住阿基姆会斩首他的人睡在一起。妃嫔们引诱拉扎克，将他藏在飘逸的长袍中，并经常用性欲压倒他。他们柔软的身体有一种磁性，一种莫名的活力。性饥渴的交际花渴望爱抚、温暖的陪伴和反复的高潮。但他们人数众多，拉扎克未能取悦他们所有人。

6 这囚犯的安静

拉扎克记得，阿基姆发现拉扎克与一名来自埃及的妓女同床共枕的那天，他拿着弯刀寻找他。就像穆桑达姆角的一头野生豹子被条纹鬣狗吃掉一样，阿基姆非常愤怒。鲜血从他右手握着的刀刃上滴落下来。

他的左臂下是埃及人的头颅。

"阿拉，"阿基姆咆哮道。

马什拉比亚内一片绝对的寂静。

"以你的名义，我将牺牲卡菲尔，穆尔希德。"阿基姆的呼喊声回荡在各处。

马什拉比亚的空气中充满了妇女们的哀号声。他们哀叹拉扎克即将面临的命运，他躲在床垫下，身上盖着一堆旧衣服。两天来，他没有食物和水。蒲团下的钢卷在他的背上留下了深深的伤口。

第三天晚上，两名妇女救了他，并给他食物和水。他们清洗了他的身体，并在他的背上涂抹了乳液。他看到他们手里的衣服都沾满了血。逃离马什拉比亚没有余地，妇女们打开了一个地窖的盖子，这是一个长方形的地下墓穴，长约八英尺，宽六英尺，从二楼到没有门窗的地面，约三十英尺深入。它建造起来，两侧都接触墙壁。阿基姆称其为"Yajif Jayidan"，意为"干井"、"Jahannam"，即他的妃嫔的地狱。旧衣服、废弃的胡言乱语、长袍、内衣和护垫堆放在地窖里。妇女们要求拉扎克再深入一点，躲到更安全的地方，因为她们知道阿基姆会带着长矛回来刺穿他的大脑。

拉扎克继续深入，穿过垃圾堆。呼吸困难，恶臭让他窒息，但这比死亡的恐惧更令人愉悦。脸上沾满了废弃的卫生巾，上面沾满了干涸的新鲜经血，每当他张开嘴深呼吸时，味道都是苦涩的。他停在大约十五英尺深的地方。除此之外，他就会被窒息而死；能见度很差。头顶上的铺位压力太大，很难躺下。他站得笔直，呼吸粗重。

阿基姆在第四天晚上回来了。他一枪，后宫各个角落顿时鸦雀无声，如同枣园里的晨雾。沉默令人心碎。他用长矛从上面向地窖里探了一会儿，但由于长袍、睡衣、睡衣、内裤和棉布挡住了它的去路，它无法深入地窖；把它拉回来很僵硬。矛尖上没有新鲜的血滴和肉，所以他回去时咒骂着，但承诺为了真主的荣耀，将判处卡菲尔死刑
。

矛是一种长杆武器，长约七英尺，矛杆由山核桃木制成。尖头是钢制的。阿基姆收藏了一百多支长矛，其杆由山核桃木、红橡木和金合欢木制成。山核桃木和红橡木来自加利福尼亚州，金合欢木来自西澳大利亚，全部由 Akeem 亲自进口。他与他信任的副官一起在沙漠中猎杀海角野兔、沙猫、红狐、野猫、瞪羚和羚羊，每六个月一次，猎猎时间为五到七天。除了长矛和匕首之外，他们没有使用其他武器。探险队约有二十人，全是

男性，他们在沙漠里做饭、睡觉。他们喝装满亚力酒的罐头，吃在萨格万柴火上烤的带皮动物。

第五天，中午时分，拉扎克听到一个温柔的声音；他认得出来；这是阿米拉的。她正下来，分垃圾，他听到她喊他的名字，"拉扎克，拉扎克，你卡汉海吗？"

她有一瓶水和一些食物。她用挂在脖子上的杜帕塔清洁拉扎克的脸和嘴唇。"喝吧，"她说着，把瓶子递给了他。拉扎克慢慢地喝了下去。食物是羊肉印度饭。她把肉撕成小块，用手指喂他。巴基斯坦的小女孩已经长成了美丽的女人，但几年之内却被判在阿拉伯的阴间当性奴隶。她将从后宫，转入妓院。

就像喂孩子一样，阿米拉花了半个多小时才吃完奶。然后她亲吻拉扎克的脸颊，把他的脸贴在她的胸前，拥抱他。

"你逃离这里的时候，带上我吧。我喜欢和你一起生活在世界任何地方，拜托，"阿米拉恳求道。

拉扎克看着她，但保持沉默。

"这就是《古兰经》中描述的火狱；阿基姆就是伊布利斯，"她停顿了一下，继续说道。

"是的，阿米拉，"他回答道。

"拉扎克，我不相信胡达，他是肮脏和野蛮的。作为男性，他讨厌女性；他好色，创造了一个拥有年轻、丰满的少女的天堂，供男人享受。在詹纳，女性是性奴隶。有一些真实的故事，讲述的是性饥渴的文盲暴徒在战争或夜袭后俘虏了各个年龄段的妇女，并在阿拉伯沙漠中强行将她们娶为妻。掠夺者在战场上砍下了他们的士兵的头。他们相信，如果他们为伊斯兰教而死，他们就会得到胡里斯，其中七十二人会进入天堂。这是一个很好的诱惑，"阿米拉一边拥抱拉扎克一边说道。

"女子在人间为妾，在天上为妾。安拉创造女人是为了男人的快乐。"阿米拉说话时停顿了一下。

"拉扎克，请带上我；否则，我最终会到阿拉伯某个地方的妓院，"她停顿了一下说道。

"阿米拉，我一定会的，"拉扎克做出承诺。但她可能没有听到他的话，因为他的声音太微弱了。

攀登时，阿米拉看着拉扎克。

"亲吻我的右脚底，作为信任的标志。我见过我的父亲偷偷地亲吻他的女人的脚，"阿米拉问道。

拉扎克亲吻了她的右脚底。它很软，被经血浸湿了。

"阿米拉，我们将去波纳尼，像马拉巴尔的纳瓦卜一样生活，"拉扎克承诺道。

然后拉扎克就睡了。

第二天早上,他看到左肩附近有一包旧衣服,为了呼吸更多空气,他把它推开。捆包里散发出的恶臭令人难以忍受。他的手指伸进去,一碰,衣服就滑了出来。腐烂的人肉覆盖了他的手指,一颗眼球在他的掌心,盯着他。

"帕达乔内,"他喊道。

那是一具正在腐烂的新生儿尸体。

拉扎克呕吐并试图跳出去,但他的腿和手被困住了。他再次起身;一些水和唾液流了出来。

他再次试图撕开旧衣服,在自己周围乱晃,他的腿陷入了另一个腐烂的身体,一个刚出生就被扔进地下室的婴儿。他想要逃跑,想要从金库跳出去。让阿基姆砍掉他的头。拉扎克晕倒并失去知觉。

当他睁开眼睛时,他以为自己身处被胡里斯包围的天堂。过了几秒才意识到,将他从地窖里拉出来的正是后宫的女人。他赤身裸体,他们用温水给他清洗,用土耳其毛巾擦干他的身体,并给他盖上干净的衣服。

阿米拉说:"拉扎克,别害怕,他已经去了利雅得,七天后就会回来。"

他简直不敢相信自己的耳朵。这是他听过的最美丽、最令人安慰的话语,比他在蒂鲁尔逃离酒鬼父亲时的独白更有音乐性。他的父亲巴帕有两个妻子和八个孩子。拉扎克是最年长的。巴帕在蒂鲁尔鱼市场有一家茶店，他和他的妻子和孩子住在茶店附近的土坯房里。茶馆赚的钱根本不够一家人吃，每天一半以上的钱都花在了酒上。

拉扎克打电话给他的母亲乌玛，她四处卖鱼。她把鱼篓举过头顶，向附近的村庄走去。她按照家庭主妇的要求，把鱼清洗干净，切成块。他们对她的工作很满意，在欧南节、维苏节和开斋节等节日赠送她旧衣服、大米、椰子油和香料。但这还不够。饥饿潜伏在拉扎克的生活中，一年中只有几天他能吃饱饭，心满意足。他去学校吃午饭，稀饭，味道平淡。

拉扎克睡在地板上，靠近他的妈妈和其他四个兄弟姐妹。他的第二个乌玛和她的三个孩子在另一个角落。他能感受到兄弟姐妹饥饿的痛苦。他的爸爸喝醉酒后发生的争吵和身体暴力是很常见的，而且他经常听到母亲微弱的抽泣声。

乌玛总是闻到鱼的味道，拉扎克很喜欢那种味道。他很崇拜他的母亲。他唯一的梦想就是给她提供足够的食物和新衣服。后来，他梦想有一个更好的房子，乌玛可以睡在一张简易床上，用毯子盖住自己的身体，以躲避雨季的寒冷。他梦想着有一辆自行车，每个月带他的母亲和兄弟姐妹去看一次电影。

朋友们向拉扎克讲述了许多年轻人前往沙特阿拉伯和海湾国家赚钱的故事。这些国家有足够的黄金；孩子们玩金子，甚至还建造了汽车和房子。他知道许多年轻人用小船将闪亮的金属带到马拉巴尔。但他没有意识到这是走私，如果被抓到，他将入狱数年。走私使蒂鲁尔、波纳尼、奥塔帕拉姆、马拉普拉姆和科泽科德的许多人变得富有。他们购买土地、建造商店、开办旅馆、餐馆和医院。他的朋友告诉他，他的泥屋周围的所有豪宅都是用来自沙特阿拉伯和海湾国家的黄金建造的。

拉扎克想去阿拉伯，带回黄金养活乌玛，教育他的兄弟姐妹，盖房子，买汽车，开商店，从此过上幸福的生活。他沉思了六个月，并与学校的朋友讨论了这个问题。没有人劝阻他。他们说，致富是他的权利。他们也准备出发了，有的已经走了。他注意到学校的学生人数每天都在减少。他的两个亲密朋友上周离开了。当他到达学校时，有人告诉他班主任去了阿联酋。阿拉伯梦到处蔓延，就连孩子们也焦躁不安。

一天晚上，拉扎克离家出走，没有告诉他的母亲。离开她，他感到难过，独自呻吟。他知道他很快就会带着装满闪闪发光的金属的袋子回来。许多船开往阿拉伯半岛的不同港口，他乘坐了一艘载满了在海上漂泊了三天的年轻人的船。船上的一名特工将拉扎克和另外三个年龄稍大的男孩带到利雅得，并将他介绍给另一名特工。三天之内，拉扎克就到达了阿基姆的马什拉比亚。

瓦尔盖斯 V 德瓦西亚

拉扎克在后宫女人们的簇拥下睡了两天。他们对他表达的爱是天堂般的，就像天堂的 houris 一样，是对忠实的穆斯林信徒在来世的奖励，是为了快乐，他在阿拉伯语《古兰经》中读到过关于他们的事。

阿迪尔用装满黄金的山羊皮水袋 Mashak 帮助拉扎克逃离阿拉伯。他想起了他心爱的阿米拉，那个巴基斯坦人，她那双绿色的眼睛一直留在他的眼里，她的容貌在他的心里。她有一颗美丽的灵魂，充满了爱；他想带她一起走，并恳求阿迪尔。但阿迪尔不同意，他说如果其中一名妇女失踪，他的父亲就会割断其他妇女的喉咙。

拉扎克充满信心。阿米拉知道他不能有正常的性生活，所以她接受了，在经历了后宫地狱般的经历后，她讨厌做爱。这本来可以解决他的许多问题。他需要一个伴侣，一个可以爱他的女人，他愿意为她而死。他想与阿米拉分享生命，直到生命的最后一刻。有足够的财富在尼拉河畔建造一座城堡。对于拉扎克来说，阿米拉将是他最好的伴侣，最值得信赖的朋友，他灵魂的灵魂，他曾亲吻过她的脚底。他渴望她的出现，寻找她的脸，对她可爱的眼睛、她柔软的脸颊和她迷人的微笑感到迷惑。拉扎克喜欢与她分享他的梦想，过去和未来。他和她超越了性，这是人间天堂中最令人沮丧的行为。他们不再对做爱感兴趣，而是对陪伴、爱、触摸和温暖的团聚感兴趣。有时他认为自己爱阿米拉胜过爱他的乌玛，并为此感到难过，为爱巴基斯坦女人胜过爱自己的母亲而感到羞耻。

拉扎克记得阿米拉从火狱下来，给他喂印度香饭。她柔软而漂亮的手指触碰了他的嘴唇。她有一颗美丽的心，一颗充满爱的心，比他马沙克里的金子还珍贵。他准备用所有的金子换她，换她一个人。从一开始，他就爱她，却没有告诉她。他担心她会有何反应，因为他是一个被阉割的男人，一个被拒绝的人，既不是女人也不是男人。但她只用一句话，就改变了他的世界，改写了历史，改变了所有史诗的情节。她问道："拉扎克，你好吗？"

阿米拉关心他的安全，她为他而存在。"我爱你，"她说。听起来很有价值，比世界上任何东西都珍贵。他也全心全意地爱着她。"我不相信库达，他既肮脏又野蛮，"她说。阿米拉爱拉扎克，即使在地狱；她更喜欢有拉扎克的火狱，而不是没有他的天堂。她可以为了她心爱的人而否认安拉；当拉扎克存在时，全能者不可能存在。阿米拉对自己在妓院的未来感到非常害怕，在那里她将成为数百人的性奴隶。在 Mashrabiya，她只需要取悦一个男人。她想逃离马什拉比亚，去和她心爱的拉扎克在一起，那里没有胡里、没有信徒、没有真主可以到达。

当拉扎克离开马什拉比亚时，阿米拉已经三十岁了。但他忘记告诉阿米拉他不相信安拉，安拉并没有阻止他的阉割。睾丸被残酷切除后，拉扎克成为一名无神论者。只有像阿基姆·阿拉这样的人存在，他们是野蛮而肮脏的。

拉扎克在波纳尼购买了一英亩土地并建造了一座别墅，俯瞰阿拉伯海。他在镇内靠近主要路口的地方开发了一个购物中心。许多女孩愿意嫁给他，他从卡利卡特附近的贝普尔挑选了一位女孩并娶了她，隐瞒了他不能发生性关系的事实。他三十二岁，她十六岁。一年后，拉扎克抓住了他的妻子和她的情人，并用马拉普拉姆斧头砍掉了两人的头。阿基姆像伊布利斯一样占有他。

当拉扎克完成他的分享时，大家露出了苦涩的笑容。他凝视托马·昆吉良久，并不期待他的反应，而是想确认他的朋友是否理解了沉默的深层含义。托马·昆吉（Thoma Kunj）观察到，拉扎克的情绪因一种莫名其妙的气氛而变得沉重，他的脸色崩溃，嘴唇上扬。拉扎克是一个沉默的悲伤的人。

"如果阿基姆没有阉割我，我就会有一个像你这么大的儿子。但你是我的儿子，我唯一的儿子。刑满释放后，来波纳尼跟我住吧，"拉扎克对托马·昆吉说道。

托马·昆吉难以置信地看着他。他在后宫里爱着一名巴基斯坦女子，但在入狱二十年之后，他收养了一名男子作为自己的儿子，这名男子被判处绞索处死，受洗是基督徒，但却是无神论者。拉扎克在监狱里只有一位朋友，托马·昆吉（Thoma Kunj）。

托马·昆吉十一年前在监狱农场工作时认识了他。拉扎克即将服完二十年的刑期。他五十三岁了。出狱后六个月内，托马·昆吉收到了拉扎克的婚礼请柬，由狱卒转交。这是 Thoma Kunj 的第二年。拉扎克决定娶一位来自马拉普兰的女孩。他寻找像阿米拉这样的伴侣，可以爱拉扎克，不沉迷于性，但会分享他的沉默。

沉默是金子。但宿舍舍监的安静却给人一种神秘的感觉，同时又透着一种外在的温柔，或者说她可能表现得很亲切。经过两分钟的冷静沉思后，她告诉法庭，她看到托马·昆吉(Thoma Kunj)将小女孩的尸体扔到了旅馆附近的一口井里。她短短几句话的倒叙让法庭上的人都震惊了，也让法官如雷贯耳。当她的证据决定了托马·昆吉的命运时，这粉碎了他的信心。当时是晚上五点左右，她看到一个高大的身影，一张脸没刮胡子的人跑过宿舍走廊，打开泵房附近水井的门，把尸体扔进井里。她确信那是托马·昆吉。

在乔治·莫肯的坚持下，托马·昆吉只在宿舍住过一次。那是一个周日，穆肯告诉他，他接到宿舍管理员的电话，说宿舍内的管道水泄漏。由于是周日，宿舍的水管工不在车站，无法工作。典狱长请求穆肯派人来修复故障。当托马·昆吉（Thoma Kunj）在养猪场处理管道工作时，穆肯坚持让他去宿舍修理，但托马·昆吉（Thoma Kunj）不愿意去；此外，他在家还有很多事情要做。中午，Mooken 再次给 Thoma Kunj 打电话，提出了同样的要求。

下午三点左右，Thoma Kunj 来到了旅馆。他想在两到三个小时内完成这项工作。但他万万没有想到这会改变他的生活并把他送上绞刑架。

托马·昆吉在被告席上不可置信地看着典狱长，但她的外表很温柔，垂落在额头上的灰白头发掩盖了她的谎言，她的固执。她的眼镜又圆又厚；她的脸反映出政府经营的女工宿舍里发生的谋杀案所造成的痛苦。她是最后一个证人。法官毫不犹豫地相信一名五十五岁公务员的证词。

尽管如此，托马·昆吉在听证会之前从未想过法官可以决定他的命运。大约四十八岁的法官心里藏着一个从未透露过的秘密，从一名大学生告诉他她不会堕胎的那一天起，他就承受着他的创造物的深深沉默。他是一位年轻的律师，她拜访了他的办公室，邀请他到她的大学谈论法律和文学。她用充满赞美的恰当话语把他介绍给她的老师和同伴。她的智慧、领导能力和沟通能力令他着迷。

她钦佩他的分析能力和法律专业知识。他用简洁的词语和短语说服听众的能力是独一无二的。

他们的友谊不断加深，他们经常见面，骑着年轻律师的自行车去不同的地方，并在亲密的地方过夜。

当他在法庭上看到托马·昆吉时,他的沉默被打破了。法官默念着被告的名字:托马斯·艾米丽·库里恩。这让他很惊讶。他难以置信地看着托马·昆吉。托马·昆吉的外表上映出了他的脸。

寂静中带着震动;它怀着女人悲伤的尖叫声。法官二十五年的沉默,回荡在那些叫喊声中。

一位老年宿舍舍监的证人产生了后果,因为这导致了一项决定了一名二十四岁男子命运的判决。

"掐住他的脖子,直到他死为止。"

判决简短而准确。

托马·昆吉的母亲艾米丽忍受着一种不同于阿基姆妃子们的温柔的沉默,也与年老的宿舍管理员的沉默保持着距离。艾米丽的沉默令人心碎。它穿透了托马·昆吉的身体,并渗透到了整个房子。她的安静是温柔、慷慨和慈爱的。直到 Thoma Kunj 十二岁之前,她都不愿意分享自己的童年记忆和大学时光;相反,她讲述小说和史诗中的故事。托马·昆吉(Thoma Kunj)恭敬地听着她的讲述,没有干涉她的描述。但他感觉到她即使在讲故事时也保持着富有洞察力的冷静。

托马·昆吉以深不可测的沉默承载着她的记忆。在监狱里,他一直惦记着她。这是一种牢不可破的纽带,他随着她的沉默而成长。他沉思着她的沉默,并用她可爱的存在改变了牢房。

瓦尔盖斯 V 德瓦西亚

在牢房里的最初几个月，夜晚漫长而可怕，但他逐渐熟悉了可怕的黑暗，与白昼融为一体，失去了冷漠。慢慢地，夜晚变得更加令人愉快、充满希望和宁静。在黑暗中，他更清楚地看到了自己，也更加意识到自己内心的振动和牢房的振动。这个牢房就像亚吉夫·贾伊丹（Yajif Jayidan）一样，拉扎克在其中度过了三天三夜，沉浸在废话和腐烂的人肉中。牢房从来没有同情心或好奇心，而是谨慎而执着，就像法医保护尸体一样保护着他。在没有窗户的四堵墙内，他可以数出自己的呼吸、心跳、心悸，以及寻找食物和同伴的流浪蚂蚁的微妙哀叹。来自牢房外的声音具有独特的地位和意义。午夜过后，接近的涉水者有不同的目的。他们手中握着死亡。

但在击中阿普的脸之前，就有一种求死的渴望。他的嘴唇充满了血，牙齿脱落，鼻子被压碎。这是一个巨大的打击。"你的母亲是维夏，"他喊道，所有的学生都听到了他的声音。安比卡一脸惊恐的表情。但打碎阿普的鼻子也是有原因的。他怎么敢骂妈妈是妓女？这是一种惩罚，不是威慑，不是惩戒，而是报复，就像《摩诃婆罗多》中的萨库尼那样。

当一些学生闲聊和老师表达不必要的同情时，死亡的愿望就萌芽了。这是一种从存在中消失的强烈愿望。即使在出生时，就存在着对死亡的新生渴望。妈妈常说，她的宝宝不断地用小手挣扎着把床单盖在脸上，导致呼吸困难。妈妈是对的；

临死时有一种激动；满足了对生活的向往。妈妈、爸爸、阿普、宿舍管理员、法官、狱卒和乔治·莫肯猪圈里的猪日复一日地蠕动着死去，体验着死亡的触感，温暖和寒冷，柔软和粗糙。看着妈妈毫无生气的尸体挂在教堂前的十字架上，这给我灌输了腐烂的人生目的，这是一个简单而残酷的事实，但却产生了持久的刺痛。生命的最终结局就是死亡，生命中所有的向往都是对死亡的向往。妈妈用椰子壳做了套索。午夜过后，她走到教堂，她认识那个巨大的石十字架，因为每个星期天，她都会把钱放进十字架旁边的盒子里。妈妈从来没有忘记点燃蜡烛并祈祷，双手合十，默默祈祷。她恳求耶稣圣心、圣母玛利亚和使徒圣托马斯（圣托马斯于公元 52 年登陆马拉巴尔海岸时改变了她的祖先）保护托马·昆吉和库里恩。她把绳子扔到十字架的手上，并用塑料凳子将绳子自己系成一个环。线圈本来会吓到她，但却抚摸着她的脖子，将她勒死。

十一年的监禁给托马·昆吉（Thoma Kunj）带来了很多教训。他甚至能分辨出最轻微的夜间噪音。死亡是沉默的；它从来没有发出过任何声音。死亡的准备引起了声音和愤怒。监狱里一片寂静，表达着哀悼和悲伤。寂静中隐藏着一首挽歌，需要非常专心地聆听。这就像享受葬礼音乐；这是美丽、宁静和欢乐的。如果它是刺耳的、不优美的、不幸福的，那么没有人会演奏它。妈妈的葬礼上没有音乐。牧师拒绝将她埋葬在墓地，称她有罪并上吊自杀。他的眼中充满了邪恶和贪婪。多年后，乔治·穆肯说，他向牧师支付了一大笔钱，让他用一小块泥土来挖妈妈的坟墓，但他没有透露具体金额。穆肯理解妈妈的求死之心，因为她在求生。

妈妈试图在公立学校找到一份清洁工的工作。任命令让她精神振奋，沉默很快就消失了。她的英语非常好，能读和写。她在科代卡纳尔的一所公立学校学习，但妈妈无法完成大学毕业，也没有接受过在小学任教的教师培训。在大学第二年，她怀孕了，分娩后与库里恩一起前往马拉巴尔，但他不是托马·昆吉的父亲。艾米丽甚至在结婚前就告诉爸爸她与抛弃她的律师的关系。爸爸决定娶妈妈不是出于同情，而是出于爱。库里恩（Kurien）在乔治·穆肯（George Mooken）的猪舍工作，艾米丽（Emily）在一所公立学校担任清洁工。甚至学校的校长也经常寻求她的帮助，用英文起草信件和通告。

托马·昆吉（Thoma Kunj）十二岁时，艾米丽（Emily）与他分享了她的故事。她认为她的儿子应该知道这一点，她并不感到羞耻。托马·昆吉接受了她的传记并昂首挺胸。

教区牧师索要一大笔钱，作为教区学校清洁工工作的贿赂，尽管政府支付了教会办学校的工资。

为了将她安葬在教堂墓地，牧师接受了一笔钱。

爸爸帮助穆肯开始了他的养猪场,因为他在兽医学院接受了一年的培训,学到了生猪饲养的新技术。他是穆肯的第一位全职工人,后来在十年内培训了十五名工人并成为主管。他们前往伊杜基、瓦亚纳德和库格的养猪场购买了卡车的小猪。猪圈欣欣向荣; Mooken 向印度各地的许多餐馆和酒店出口猪肉。他购买了土地和货物、汽车和卡车,赠送了五十美分的土地给爸爸,并帮助他建造了一座有三个房间、一个厨房和厕所的房子。但在抹灰之前,爸爸就去世了。卡纳塔克邦警察无缘无故地殴打他。对他们来说,这辆卡车没有有效的污染控制证书,因为它已经在两周前过期了。穆肯可能忘记了去拿证明,尽管这不属于死刑罪名。

卡纳塔克邦警方经常以站不住脚的理由对跨境卡车司机处以严厉处罚。他们索要两千卢比的贿赂,但爸爸拒绝支付。穆肯之所以会支付这笔钱,是因为他诱导官僚和教区牧师获取各种好处,因为如果不行贿,就不可能创业。爸爸想节省雇主的钱,这导致了他的残酷结局。他是个小个子;他脆弱的身体无法抵挡警察的残暴袭击,重伤而亡。他吐血了。有的警察凶残无情,有的警察为了赚钱而做出不人道的行为。对他们来说,爸爸需要为拒绝支付奖励而支付罚款,他们认为这是他们的权利。所有死刑都是对权利的侵犯,无论是事实的还是想象的。但一些被判处死刑的人却是无辜的。人们只担心受害者,很少关心罪犯,

瓦尔盖斯 V 德瓦西亚

其中许多人与犯罪无关。社会很少关心一个无声被告的清白。必须有人死去并付出最终的代价；在他死在绞刑架上或死在警察手中后，没有人费心去核实死者是否无辜。妈妈看到爸爸折断的胳膊和腿哭了，但无法想象他的肝脏破碎、肺部、心脏和胰腺被刺穿。

卡纳塔克邦警方编造了一个故事，说一头疯狂的大象压碎了爸爸的尸体。愤怒的动物无法被关在笼子里。它只是徘徊在警察和那些听说这个故事的人的脑海里。即使爸爸去世后，妈妈仍对生活充满希望。

希望和绝望如影随形，很难区分它们何时分开。当法官宣布判决时，人们有绝望，也有期待，有失去生活方式的痛苦，也有对新生活方式的渴望。即使他最后上诉失败，他的心里仍然充满了忧郁和乐观——失去牢房的悲伤，但又期待看到脚手架。站在绞刑架上，有苍凉，也有自信。死亡将是绝对的快乐；绞索收紧，尸体悬在空中。它将挑战刑法、监狱工作人员和帕达雄。当阿米拉挑战阿拉时，艾米丽向她被钉在十字架上的救世主发起挑战。当其他人一想到死亡就瑟瑟发抖时，她却能战胜死亡。

托马·昆吉（Thoma Kunj）将左耳贴在地板上，因为在警察局，当执法人员在拘留期间殴打他时，右耳已部分丧失听力。

托马·昆吉听到金属钥匙开锁的声音。牢房有双锁，两把巨大的挂锁是在他工作了六年的监狱锻造厂里建造的。他做了两年木工，另外两年在农场工作。在驳回他的最后上诉后，他被关在一间带有双锁的牢房里，以封闭逃生路线。一年来，他一直在等待死刑。每天早晨，人们都期待着脚步声和靴子的声音。凌晨三点到五点三十分，是人生最痛苦的时刻。正如妈妈所说："这种痛苦就是生命的意义，但其中也有一种满足。"等待给了他希望，也让他渴望聆听庄严的脚步声和涉水者沉重的声音。

与狱长同行的，还有两名狱卒、一名看守、一名医生，威风凛凛。双手会被从后面绑起来。这就像共和国日詹帕斯的游行一样。作为童子军的一员，Thoma Kunj 曾经参加过。他是八班的学生，也是学校唯一选拔的学生。唯一的区别是，走向绞刑架时没有乐队、音乐或马匹，也不需要事先训练。托马·昆吉为共和国日阅兵接受了三个月的训练，在地区总部训练了两个月，在新德里训练了一个月。那时艾米丽还活着。她在电视上看过整个节目。游行结束后，他带着许多礼物回家，送给母亲、帕瓦西、乔治·穆肯、老师和朋友。安比卡有一个红堡的复制品。艾米丽拥抱了他，她为他感到骄傲。全校都庆祝了。他是一个英雄。但监狱官员的游行最终在绞刑架上结束。通常，绞刑发生在清晨五点左右。同一条绞刑架上有两个绞索，因此可以同时绞死两名囚犯。

瓦尔盖斯 V 德瓦西亚

法官在宣判死刑时表示，绞刑是一种无痛的惩罚方式，最适合印度文化，尽管它是由英国人引入的。他说得好像他曾经经历过一样。他可能已经在心里经历过一千次了。在英国统治之前，莫卧儿人有多种处决罪犯的方法，包括用大象压碎囚犯的头或用剑砍下他的头，就像一群不识字的流氓在人口稠密的阿拉伯绿洲进行夜袭一样。犹太人，是为了在来世享受七十二个小时的快乐。

法官是一位中年男子。托马·昆吉（Thoma Kunj）一谈到自己的年龄，就会看起来像法官。他留着浅灰色的胡须，而托马·昆吉则留着深色的胡须，因为他在牢房里不能刮胡茬。法官翻阅案卷，读出他的名字后，好奇地看着他。托马·昆吉（Thoma Kunj）是被告；法官将他送入监狱直至最后听证会。法官是一名自由人，而托马·昆吉则成为一名候审法官。

被定罪后，托马·昆吉在熔炉里工作，是最好的铁匠。狱卒常说他的手艺高超，就像德国人一样。在负责管理监狱熔炉之前，狱卒在弗尔克林根的一家铁匠铺接受了一年的培训。托马·昆吉（Thoma Kunj）喜欢锻造厂的热量和声音以及他塑造的最终产品。他塑造了锁住他的锁，他也意识到了这一点。"你塑造你的未来，用它锁住你的生活，然后把钥匙扔进深深的峡谷里，"妈妈一边做饭一边说道；她正在谈论当独自一人、没有朋友、没有声音时，生活是多么的徒劳。托马·昆吉（Thoma Kunj）在窑炉里时记得她的话，但他很高兴能塑造锁的形状。在牢房里，他是安全的；他知道。危险就在牢房外面，惩罚室外面，警棍外面，铁链外面，最后是绞刑架外面。"命运由人选择"，这是狱卒的意见。他相信因果报应。

铁匠铺的狱卒相信人类生而自由，每个人都拥有自由意志；他们做他们喜欢做的事。一旦触犯法律，他们就要为自己的行为负责，受到应有的惩罚。但他与其他狱卒不同，他从不鞭打罪犯，甚至不虐待他们。他的手上并没有沾染监狱的金钱和财产。相比之下，监狱长和其他官员却肆无忌惮地聚敛财富，这使得铁匠铺的狱卒在监狱里格格不入。托马·昆吉（Thoma Kunj）尊重他，但认为他的犯罪哲学很幼稚。

狱卒是一名信徒，每天都会祈祷。他在家里靠近餐厅的地方建了一个小小的礼拜场所，他和妻子在那里用鲜花、燃烧的油灯和香向象神甘尼什祈祷。背诵 Vakratunda Ganesh Mantra，他在神像前呆了至少半个小时。

人类只是有限意义上的自由，他们的过去、现在和未来都是确定的，无法逃避。但每个人都有能力忍受逆境和痛苦，并赢得胜利，因为人类可以塑造他们周围的环境。经过三天的史诗般的战斗，一位孤独的老钓鱼者在海中央捕获了一条比他的船大得多的巨型马林鱼。他把马林鱼卷起来，绑起来，绑在双体船的一侧，然后划向海岸。鲨鱼袭击了鱼，渔夫与它们进行了无情的搏斗。到达岸边后,渔民发现了他捕获的鱼的延长骨架,人们纷纷围观。那天晚上,他睡着了,梦见了狮子。妈妈讲了这个故事;托马·昆吉无法理解其全部含义。但他了解到人类是为了胜利。

托马·昆吉不喜欢虔诚并憎恨上帝。当他的母亲在教堂前的十字架上上吊自杀的那天,他在自家的墙上烧毁了耶稣圣心、圣母玛利亚和圣徒的图像。他把骨灰装在塑料袋里,扔进一个坑里,乔治·莫肯在那里收集猪的尿液来生产烹饪用的煤气。托马·昆吉(Thoma Kunj)在母亲下葬后就不再去教堂了。他发誓他永远不会进入教堂或崇拜一个残酷和自恋的上帝。拉扎克的故事证实了帕达雄是邪恶的,因为人类无法想象一个全能、永恒的实体是不邪恶的。

每个月至少有一次,当太阳落入大海、黑暗吞没整个国家时,或者是清晨无人的时候,他会去艾米丽的坟墓,与妈妈分享他的故事。

托马·昆吉讨厌同情,因为他知道同情是创造虔诚和服从的工具。他每周日和节日都会和母亲一起去教堂做礼拜,牧师会用马拉雅拉姆语和阿拉姆语-叙利亚语进行祈祷。托马·昆吉(Thoma Kunj)从头到尾读过《圣经》,但即使在孩童时期,他也不喜欢以色列的上帝,因为以色列的上帝残忍、嗜血,杀害儿童和妇女。艾米丽告诉他不要读旧约,而是鼓励他学习新约,其中耶稣是主角。但他拒绝相信自己所创造的奇迹,尤其是在迦拿将水变成酒以及使拉撒路复活。托马·昆吉（Thoma Kunj）嘲笑了童贞女的诞生。

艾米丽去世后，他意识到圣经故事是神话，比如《伊利亚特》和《奥德赛》、《摩诃婆罗多》和《罗摩衍那》，或者是阿拉伯沙漠仁慈的魔法。当托马·昆杰成为一个人时，他对摩西和亚伯拉罕的上帝感到同情。

圣经中的上帝并没有沉默；他是一个像阿米拉一样咆哮的实体。他制造了噪音、仇恨、情绪波动、复仇、欲望和阿基姆的剑。

当阿基姆斩首埃及妇女时，仁慈者安静了。当新生儿被用小布包扔进马什拉比亚的地狱时，拉扎克保持着极度的平静，而拉扎克在手指刺穿腐烂的尸体后哭喊着"帕达乔内"。当阿基姆用从马来西亚到埃及、从阿塞拜疆到巴基斯坦的处女创建他的后宫时，全能的上帝保持沉默。

在托马·昆吉的生活中，上帝也保持沉默。当爸爸在从维拉杰佩特前往库特图普扎的途中被卡纳塔克邦警察殴打致死时，他的沉默令人心碎。当牧师索要贿赂，任命艾米丽到教区学校担任清洁工时，上帝沉默了，而政府支付了工资。当牧师索要钱把妈妈的尸体埋在教区墓地时，他保持着深深的沉默。

沉默是内心的。它有一个无尽的宇宙，只有死了才能真正理解它。它没有边界，因为没有人可以测量、分享或用缆绳牵引它。这种寂静从来没有达到它的圆满，超过了它不想要任何东西的价值，在真空中爆发出想象、反思和冥想的自由。周期性的昏昏欲睡，沉默是人类存在中最强大的存在，永远弥漫，不断渗透，但外表却腐烂不堪。从本质上讲，它在规模和地位上不断增长，质疑其在虚空中的存在，沉默与定义相对立，这是自相矛盾的。它可以用永恒的同理心和令人震惊的期望拥抱你，就像一条难以逃脱的触手。安静对于不同的人来说是不同的；毫无价值、未经证实、自我毁灭、诱人、诱人、永远令人着迷。托马·昆吉（Thoma Kunj）悄无声息地进入了寂静，但再也没有回来。

但沉默并不能解决邪恶。

托马·昆吉已经准备好穿透他的平静，在他的存在中沉睡。当他反复尝试触摸自己的存在、情感和呼吸的核心来体验熄灭自己的深刻渴望时，这令人沮丧。为了寻求超越并与他体内的自我分享它的心跳和意识，他潜入了他灵魂的深处。吞没他的空虚感充满了关于他的妈妈和爸爸的悲伤迷雾，讲述着悲伤和痛苦的故事。但死亡的愿望仍然在他的沉默中，跳过他的信仰规则到达他的父母，就像拉扎克寻找阿米拉一样。

十年来，他以罪犯的身份生活在监狱的四墙之内，等待着最后上诉的结果，并在第十一世期盼着监狱长、狱卒、看守和医生将他带上绞刑架。为了他们的脚步声，他从凌晨三点到五点三十分，每天、每小时、每一分、每一秒都在等待。

最后，他们到了。

他听到钥匙敲击他在监狱熔炉里设计的挂锁的声音。他们用同一把挂锁把他锁在里面。当在熔炉里工作时，托马·昆吉知道他正在制作锁来锁住他的牢房。

他的牢房里只有一个昏暗的灯泡；它的开关在外面。

昏暗的灯光里一片寂静。

晚上只有七点到八点有光。那是某人创造的光。在他生命的最后阶段，他抛弃了自我，超越了自己的存在。对于 Thoma Kunj 来说，这是一个矛盾，但却是现实。

"你不会为生活哭泣，你不会渴望快乐，你不会想到未来，你也会忘记过去，"托马·昆吉告诫自己。

"当你迷失自己时，你就看不到套索，你就不会触碰你喉咙上的结，也看不到脚手架，"他向自己保证。

拉扎克无法克服挫败感，再次经历了阉割。阿基姆只给他做过一次阉割，但拉扎克一生中每时每刻都在给自己绝育。阿米拉可以超越沮丧，因为她明白挫折的微不足道和回报递减。她用对拉扎克的爱建立了一个世界，一个团结、分享和温暖的愿景。她准备和他一起旅行，热情地拥抱他，而不利用他的局限性，重温他对乌玛的爱。阿米拉成为了拉扎克，但他却无法用自己的生命来回报。他准备把她留在地狱，一个人间天堂，为阿基姆提供人间时光。阿米拉的爱打破了所有沉默的障碍，刺穿了长矛所不能及的地方。

阿米拉堕入地狱，她也敢这么做。她寻找拉扎克，活着见到他给了她幸福。阿米拉战胜了死亡。对于艾米丽和阿米拉来说，沉默就是没有约束的生活的存在，就像没有恐惧的生活一样。阿米拉并不担心下地狱和喂养拉扎克。艾米丽不顾生父的意愿，勇敢地保护未出生的孩子。她超越了时间，超越了恐惧和仇恨。艾米丽和阿米拉的沉默传递出无限空间和永恒爱情的形象。妈妈放弃了沉默，享受了自由，因为她无法忍受牧师的诽谤、耻辱和谎言。

法官的沉默是注定的，因为他相信魔鬼的存在，但却忘记了他的行为。当他还是一名律师时，他坚持让一名年轻女子堕胎。女人拒绝了，当法官将她的儿子送上绞刑架时，他心里一直怀恨在心。他甚至在听证会之前就决定了此案。他在托马·昆杰还在母亲子宫里时就已经对他判了刑。法官对他作为一名律师所负有的罪孽深思熟虑，拒绝了他承诺提供团结、陪伴和幸福的女人。他带着它很多年了；尽管这是一个罕见的巧合，他还是庆祝了。他把绞索交给托马·昆吉。

寂静产生了阴影，托马·昆吉在牢房内与阴影作斗争。

32 这囚犯的安静

牢房的门突然打开，半开着。警司进来了，后面跟着两名狱卒、一名看守和一名医生。军官和卫兵穿着制服，笔直地站着，弥漫着死亡的气息。医生穿着便服。

警卫用铁镣从后面绑住了托马·昆吉的双手，并将其锁住。他把钥匙交给了院长。

医生测量了他的脉搏和心跳，诊断了托马·昆杰的一般情况。不到两分钟，调查就结束了。然后他拿起病历本，写下了犯人的姓名、年龄、健康状况、日期和时间。在下一段中，他写道：

"Thomas Kunj，35岁，适合被绞死。"他写下了自己的名字，并签上了日期和时间。

医生把日志交给了主管。他读了医生写的详细信息，写下了自己的名字，并签上了日期和时间。

他还写下了狱卒和看守的名字，并要求他们在名字上签名并注明日期和时间，他们按照他的命令做了。

"已经完成了。"院长说道。

狱卒们走上前来，站在托马·昆吉的两侧。警卫站在他身后。然后警长转向门口。医生站在他身后，托马·昆吉也站在医生后面。警监向前走去。这是走向绞刑架的第一步。法官十一年前就做出了这个决定。

托马·昆吉沉默了。他正在绞索上沉思。

细胞

牢房里有五名自由人和一名囚犯，这名囚犯被判处绞死。牢房是一个没有窗户的地牢，八英尺乘八英尺，太小了，无法容纳他们所有人。由于墙壁的厚度，从地面上看不到接触十二英尺以上屋顶以获取新鲜空气的通风装置。牢房的墙壁是用花岗岩巨石和水泥建造的。监狱里大约有二十间这样的牢房，位于马拉巴尔沿海大城镇的地区总部。

托马·昆吉（Thoma Kunj）的村庄艾扬昆努（Ayyankunnu）距离监狱约 55 公里，位于经库特图普扎（Koottupuzha）通往迈索尔的国道上。有一条河流从库格（当地语言为"科达古"）流过，位于村庄的北部和西部边界，流经一个充满活力的小镇伊里蒂（Iritty）。这条河在监狱以北几公里处的瓦拉帕塔南附近注入阿拉伯海。

由于游泳是他青少年时期的爱好，Thama Kunj 曾多次过河，甚至在季风期间也是如此。当河水上涨时，其他男孩害怕或没有兴趣跳入水中，水流致命。十五岁时，托马·昆吉（Thoma Kunj）抓住一根长约六米的大木头，将其从森林中的水中冲走，然后将其拉向岸边，这对于一个人来说是一项艰巨的任务，并将其推到安全的地方。在许多情况下，这些漂浮的木材撞击了伊里蒂铁桥的柱子，损坏了桥柱，或者形成了一座人工水坝，阻碍了水流。

第二天，一名警员来到他家，要求托马·昆吉去他的办公室会见警察督察。到达警察局后，这名警官很粗鲁，并指责托马·昆吉偷窃林业部门的财产。托马·昆吉（Thoma Kunj）告诉他，他无意偷它；他只是想偷走它。他想把它留给林业部门，并将木头保留在河岸上。此外，他还试图保护桥的柱子免受严重损坏。警官还没有准备好接受他的推理，托马·昆吉不得不去警察局六次才能让警官相信他是无辜的。警察经常玩这样的游戏，从无辜村民身上榨取钱财。那是他第一次遇到警察。

从青少年时期起，他就清楚地知道他的父亲被卡纳塔克邦警察殴打致死。喀拉拉邦警察同样暴力和残忍。

监狱部门的高级官员全部来自警察。但监狱长以下的人员来自监狱系统，是经过专门训练的官员，负责处理患有多种社会和心理问题的囚犯。一些狱卒接受过管理、社会工作、临床心理学和咨询方面的培训。那些训练有素的军官对待囚犯的态度要温和得多。铁匠铺的狱卒曾在德国接受过培训。

在驳回最后上诉之前，托马·昆吉（Thoma Kunj）在铁匠铺工作，睡在可容纳大约 50 名囚犯的主宿舍里。这样的宿舍一共有五间，相对来说比牢房更适合居住。

他牢房的一角有一个厕所；每天早晚仅提供一小时自来水。那里有一个塑料杯，用于洗澡、清洁和饮用水，托马·昆吉睡在地板上铺的垫子上。没有枕头或婴儿床。用螺旋松植物的干叶编织而成的地毯看起来很粗糙，他在马拉巴尔的溪流和水体附近见过这种植物。他还看到妇女们剪下螺旋松的叶子，在阳光下晒干，然后编织垫子。各种地毯适合婴儿、儿童和成人；有些是彩色的，有圆形边框。

童年时期，托马·昆吉（Thoma Kunj）、艾米丽（Emily）和库里恩（Kurien）睡在垫子上，枕头放在地板上。他记得母亲每天临睡前都会来到他的小房间里和他说话，并给他盖上薄毯。他总是等待临别之吻；它又甜又软。回去之前，她摸了摸他的额头，说道：

"睡个好觉，睡个好觉，我的昆吉宝贝。"她始终称他为 Kunj mon。Mon 在马拉雅拉姆语中的意思是"亲爱的儿子"。

"爱你，妈妈。"托马·昆吉回应她的爱，亲吻了她的脸颊。

当他八岁时，他第一次睡在婴儿床上。它是用柚木制成的。这些木材是由乔治·穆肯捐赠的，他的农场里有二十棵巨大的柚木树。托马·昆吉（Thoma Kunj）惊奇地看着两名工人用横切锯切割木材。该锯设计用于沿木纹切割原木。工人们称这种锯为 Arakkawal，但 George Mooken 称其为横锯。每个齿的切削刃在锯上以交替的方式倾斜，这有助于每个齿切割木材，类似于刀刃。托马·昆吉（Thoma Kunj）喜欢工人们使用十字锯工作的方式，并想加入他们。他鼓起勇气表达了自己的愿望，但他们却皱着眉头提醒他专心学习，令他失望的是。

库里恩叫了两名木匠在家工作，他们花了十天时间制作了两张婴儿床。托马·昆吉（Thoma Kunj）喜欢观看木匠使用他们的工具，尤其是锤子、卷尺、直角尺、记号笔、螺丝刀、凿子、圆锯和电钻。两天后，他告诉*校长*他想成为一名木匠。我*先生*哈哈大笑，说他应该成为一名工程师。但 Thoma Kunj 坚持要当一名木匠，并要求他们把他纳入团队。另一位木匠聚精会神地听他讲话，告诉托马·昆吉他可以和他一起工作五分钟，如果他喜欢木匠的工作，他会欢迎他成为他的助手，并给他一把卷尺和记号铅笔。托马·昆吉（Thoma Kunj）很高兴能担任至少五分钟的木匠。他感到很高兴，因为他珍惜用手工作。

托马·昆吉（Thoma Kunj）很喜欢柚木的新鲜气味，而且婴儿床看起来棒极了。妈妈买了两个棉床垫和枕头。床垫放在婴儿床的板条上，长枕放在上面。床和填充物很可爱；躺在它们身上很舒服。托马·昆吉（Thoma Kunj）第一次睡在婴儿床上。他把垫子折叠起来放在自己的房间里作为纪念，因为睡在上面有助于锻炼坚实的肌肉，并有助于根据地板的粗糙度调节自己的身体，这是对他未来监狱生活的不必要的微调。

囚犯们睡在单独的垫子上，没有枕头。在监狱里，护垫是一种奢侈品，而且是被禁止的。监狱里给了她一张粗棉布的床罩，用来盖住尸体，防寒、防蚊。但牢房里只有席子，没有枕头，也没有遮盖身体的床单。正值雨季，寒冷难耐。

牢房内没有椅子或婴儿床，所以长时间坐在地上既乏味又累人。托马·昆吉常常想起家里的摇椅。库里恩在收到婴儿床一年内就购买了一把红木摇椅。摇椅的木材呈深红棕色，带有迷人的黑色条纹和相互连接的纹理。一起坐在摇椅上几个小时是一次美妙的经历，他每天一有空闲时间就坐在摇椅上。在家的最后一天，他在椅子上摇晃着，看到警察来了。他刚从女工宿舍回来。

一般来说，除了周日之外，托马·昆吉（Thoma Kunj）每天都在猪舍里忙活。那个星期天，他去女子宿舍修理连接高架水箱的故障管道。这是一次小修，不需要立即修复。典狱长本来可以再等一天，甚至一周。周日给他打电话是没有必要的。她本可以请水管工来做这项工作。宿舍的水管工可能看到漏水情况；他可能会把它留到改天再做。托马·昆吉对宿舍管理员的意图表示怀疑，因为周日没有必要叫一个陌生人到女子宿舍做这项工作。他必须骑二十分钟的自行车才能到达旅馆。他接受这份工作只是因为乔治·穆肯的坚持。

监狱长认识乔治·穆肯，因为他向宿舍提供牛奶、肉和鸡蛋。

托马·昆吉泡了一杯茶，摇摇晃晃地喝了一口。夜幕降临时，他看到三个人走近，当他们的脸清晰可见时，他意识到他们是穿着便服的警察、一名督察和两名警员。这是他最后一次坐在他最喜欢的摇椅上。

最初，没有椅子或婴儿床引起了不安，因为牢房里没有行走的空间。但托马·昆吉每天早晚都会锻炼一个小时，以避免肌肉无力、身体酸痛、心悸和纯粹的无聊。

托马·昆吉从来不知道为什么这些方形牢房是关押死刑犯的。进入军营后，他无意中从狱卒那里听到，英国的习俗是为死刑犯设置方形牢房，因为这种牢房的自杀率较低。原因之一是广场上行走和跳跃的空间有限。此外，它比任何其他形状都更能舒缓心灵。圆形或椭圆形牢房中的囚犯比方形牢房中的囚犯产生精神紧张和幻觉的速度要快得多。英国人有他们的假设；有些仍然是直觉，没有经过验证的理论。1869 年，当他们在马拉巴尔建造一座监狱时，他们试图运用从英属印度其他监狱（尤其是马德拉斯）收集的经验。

牢房地板铺有来自西高止山脉巨大花岗岩山的巨大花岗岩板。乔治·莫肯的房子铺有来自迈索尔的抛光花岗岩板，庭院则铺有来自库格的粗糙花岗岩。爸爸从马迪凯里买了半抛光的花岗岩。

瓦尔盖斯 V 德瓦西亚

英国刑法要求牢房的地板必须严酷，就像罪犯的生活一样。基于杰里米·边沁的道德思考，规则手册建议对罪犯实行严厉的惩罚。对于理性主义者来说，犯罪是一种自由意志的决定，因为所有人类都是以自由意志创造的，并且个人的行为方式是最大化快乐和最小化痛苦。消除犯罪的唯一补救措施是威慑性惩罚。尽管如此，英国女王陛下借鉴美索不达米亚汉谟拉比的刑事司法制度，仍然明确适用复仇，类似于"以眼还眼，以牙还牙"。最初只需要两类监狱人员：看守人和刽子手。

托马·昆吉从未听说过汉谟拉比或边沁，然而，他因为他们的报复性威慑和享乐主义的刑事司法法律制度而遭受了巨大的痛苦。囚犯永远不知道他的痛苦是由于美索不达米亚君主和英国功利主义者的疯狂仇恨信仰造成的。女王陛下的刑事司法管理部门根据汉谟拉比的格言，给数百万囚犯带来了痛苦和痛苦。尽管英国人对公开接受美索不达米亚君主犹豫不决，但他们自豪地接受了道德家边沁的功利主义观念。独立的印度盲目地包容了昔日主人的非理性特质。

托马·昆吉（Thoma Kunj）不明白为什么他会受苦，这是由于一项名为"快乐-痛苦原则"的提议而产生的，而惩罚就是对犯罪者施加痛苦。他从来没有故意违反法律来体验快乐；他是无辜的。两个半世纪前生活在英国的一位传教士决定了他的命运。一位法官，一位才华横溢的文字大师，在

《塔拉塞里》中判处他死刑,并接受了他在一所不起眼的法学院学到的边沁的教诲。他也是威慑原则的崇拜者,忘记了他的享乐行为。法官的思维不能超越享乐主义。他的思想也随之形成。法律书籍授权他惩罚给他人带来痛苦的人,而法官是英国人建立的缺乏人类行为知识的体系的一部分。法官惩罚托马·昆吉并不是因为他有罪,而是因为他是一位年轻律师不想要的孩子。法官的想法是由一名拒绝堕胎的妇女决定的,而托马·昆吉就是这种罪恶感的产物。法官忘记了他作为一名年轻律师在遥远的高知所获得的快乐,给那个女人和她的孩子带来了痛苦。

牢房有一个宽二尺的水泥框洞,门是从外面装的,里面没有门把手;它无法从内部打开。

在牢房的最初几天,托马·昆吉(Thoma Kunj)发挥想象力在牢房墙上画了他妈妈的照片。起初,只有一个图像,但渐渐地,他创造了更多图像,一周之内,他就用妈妈的笑脸填满了四面墙。这些图像是第二周的动作:妈妈做饭、工作、扫地、说话、吃饭或洗衣服。然后他添加了他爸爸的照片。他给妈妈和爸爸的形象上色,把它们变成了一部有不同片名的电影,有爱情故事、动作片、惊悚片、犯罪侦探片和历史片。妈妈扮演着昔日的女王,戴着王冠,穿着飘逸的皇室礼服,爸爸总是在她身边。他们从来不扮演反派,而是扮演女主角和英雄。导演、制作、剪辑、发行和观看他的电影非常耗时；几周又几个月过去了，托马·昆吉不知疲倦地工作并享受着他的创作。

他把墙壁分成四个部分，开始画风景：山丘、河流、山谷、森林、草原、动物、鸟类、农田、椰子、菠萝蜜、芒果、香蕉树等果树、长满浆果的咖啡树丛和菠萝。他高兴地看着他们，围着他们走了好几天、好几周。他拥抱着他的树，没完没了地和它们说话，并发誓他不会砍伐它们。山坡上、河岸上、山谷里、草原边上，树木生机盎然，娇美而坚强。对于 Thoma Kunj 来说，树木是地球上最美丽的创造，他无法想象没有树木的地球。在他的想象世界里，树木有上百种，柱状树、敞头树、垂枝树、下垂树、尖头树、花瓶状树、横状树。还有奔跑的、跳跃的、睡觉的、欢笑的、跳舞的、唱歌的树。一切都是独一无二的、美丽的、可爱的。所有品种都有特殊的花朵、果实和种子。他发现他们可以与彼此、与宇宙进行交流，并惊奇地表达他们的喜悦、担忧和悲伤。无与伦比的树叶让他大吃一惊。有的小如针头，有的比大象耳朵大，

季风来了，树木在雨中翩翩起舞；冬天，他们盖着厚厚的毯子睡觉；夏天，新叶新花满怀期待地出现，果实成熟了，邀请走兽鸟儿在树荫下、枝头赴宴。树木是地球上最无私的生物，它们将自己的全部财富（包括它们自己）赠予他人。

托马·昆吉（Thoma Kunj）四岁时，模仿他的爸爸，在自家土地的角落里种了一些菠萝蜜和芒果种

子。四年之内，鲜花盛开，并结出大量甘美的菠萝蜜和芒果。他欢快地跳舞，并向乔治·穆肯的妻子帕瓦西赠送了菠萝蜜和一篮子芒果。她深情地拥抱了托马·昆吉，并向他递上一件她从班加罗尔带来的羊毛夹克。在品尝完成熟的菠萝蜜和芒果后，乔治·穆肯拜访了托马·昆吉，并与他和库里恩一起去看了菠萝蜜和芒果树，触摸了它们，表达了他的喜悦。乔治·莫肯和帕瓦西是树木爱好者，他们在农场种植了数百种从不同国家带来的树木。那天，George Mooken 向 Thoma Kunj 赠送了一张宏伟的学习桌和一把椅子；桌面是由一整块桃花心木制成的；侧边栏是柚木的，抽屉和腿是红木的。这个组合看起来棒极了。椅子是紫檀木的，托马·昆吉对这两把椅子都很珍惜。

托马·昆吉（Thoma Kunj）在另一堵墙上开辟了农田；小小的土坯房、玩耍的孩子、在稻田里劳作的男女，看起来超现实却又宁静。那里有学校、操场和教室，里面有学生和老师。在他的想象世界里，这个星球是绿色的、美丽的。没有痛苦、苦难或疾病。他的妈妈和爸爸一直在那里。

他画了乔治·穆肯和帕瓦西的房子，帕瓦西离开了父亲和库格繁荣的咖啡种植园，嫁给了一个她爱的男人。1972 年 8 月，24 岁的帕瓦西（Parvathy）与 25 岁的穆肯（Mooken）私奔，后者在咖啡树丛下等了她好几天。乔治·穆肯（George Mooken）将她扛在肩上，穿过西高止山脉

(Western Ghats)，从德瓦·莫伊 (Deva Moily) 的宅邸来到他位于艾扬昆努 (Ayyankunnu) 的小房子。他从凌晨三点步行到晚上八点，穿过萨亚德里东坡的咖啡种植园、动物们雄伟漫步的茂密雨林，以及山西坡的橡胶树和腰果树种植园。帕瓦西刚刚完成了种植园管理 MBA 课程。

帕瓦西的父亲拥有两百英亩的咖啡庄园，高大的树木上长满了黑胡椒藤蔓。她的父亲德瓦·莫伊 (Deva Moily) 是库格最富有的人之一。他唯一的儿子是一名陆军上校，在 1965 年印巴战争中阵亡。

乔治·穆肯 (George Mooken) 毕业于潘特纳加尔 (Pant Nagar) 大学农业和畜牧业专业。他在库格租了五十英亩的土地用于种植生姜，每天与工人们一起工作。生姜种植园位于帕瓦西的咖啡庄园附近。在参观附近的田地时，帕瓦西看到一位新农民正在与农场工人一起工作。她停下车，前往该地区并与乔治·穆肯进行了讨论。这是一次富有启发性的演讲，帕瓦西意识到这位农民是一位受过教育的人，对农业和畜牧业充满活力、实用的想法。他们的谈话每天都在发生，他们谈论天底下的一切，包括史诗、小说、短篇小说和人类心理学。帕瓦西对她的农民朋友的钦佩是无止境的。尊重变成了爱，乔治·莫肯以热切和开放的态度回报。他陪她去了库格的其他咖啡庄园，并于当天晚上返回。那些郊游是紧张而富有启发性的。他们互相了解对方的性格、能力、才干和缺点。他们分享想法和假设，并围绕他们建立了一个充满热切希望和愿望的世界。

帕瓦西和乔治·穆肯坠入爱河并决定共度余生。说服她的父亲是不可能的，因为他对女儿有很多计划。德瓦·莫伊（Deva Moily）对女儿的决定感到震惊和伤害，他愤怒了很多天，变得像布拉马吉里峰上的花岗岩巨石一样坚定。帕瓦西决定在没有通知德瓦·莫伊的情况下与乔治·穆肯私奔。

托马·昆吉（Thoma Kunj）看着墙上乔治·穆肯（George Mooken）和帕瓦西（Parvathy）的画作，钦佩他们坚持不懈地实现了彼此相伴至死的目标。Thoma Kunj 对 Ambika 也有同样的爱；他认为她对他的热情燃烧了很长时间。这件事是从他们八年级的时候开始的。但好几个月都没有表达出来，当她谈到这件事时，他们庆祝了这件事，却不知道这会是短暂的。

有些日子，托马·昆吉无所事事地坐着，什么也不做，也无事可做。他活跃的头脑得到了休息。他想起自己在监狱里度过的十一年，在监狱农场工作，在那里他遇见了拉扎克。然后他从事木工工作，在那里他学习了各种工作，并喜欢工具的声音和木头的香气。每种木材都有不同的香味，其中最令人愉悦的是柚木、红木和菠萝蜜树的香味。柚木具有防水和防白蚁功能，结构致密但重量轻。大多数家具都是用柚木制成的，需求量很大。红木很少见，被称为树中之王，具有棕色或红色色调和深色纹理。乔治·穆肯家里的所有橱柜和壁橱都是红木的，因为红木的纹理优雅、高贵、华丽，不需要抛光。紫檀木已经存在了数百年。菠萝蜜树和野菠萝，名叫安吉里，姿态优美，绚丽多彩。Sheesham 木材很稀有，但看起来很优雅。

托马·昆吉（Thoma Kunj）考虑如果对死刑的上诉成功，他会开一家木工店。服完终身刑期后，他会回到自己的村庄；由于他学到了最新的木工技术和方法，他的木工技术吸引了很多顾客。他会通知拉扎克，他们将在艾扬昆努或波纳尼会面，庆祝并回忆他们摆脱监狱生活的胜利。

法国文艺复兴时期引入了对囚犯的治疗、惩戒、技能发展、就业、咨询、社会工作和改造。社会学、心理学、人类行为、咨询和社会工作方面的研究成果影响监狱官员开明并为囚犯福利而工作。但没有社会工作者、辅导员或人权活动家在那里关心托马·昆吉，因为他没有父母、亲戚或朋友，也与政客没有关系。他像一只派狗一样无声、被拒绝、被遗忘和虐待。学校疏远了他，教会在精神上折磨着他，社会滥用了他，法官判处他死刑，以消除他生命中隐藏但挥之不去的耻辱。乔治·穆肯（George Mooken）和帕瓦西（Parvathy）与他们的女儿留在美国，托马·昆吉（Thoma Kunj）永远怀念他们的同理心和亲近感。他们可能已经放弃了在艾扬昆努的庄园，或者永远忘记了托马·昆吉，因为他确信如果他们听说过他，他们会至少去监狱探望他一次。但托马·昆吉经常在他的意识中浮现帕瓦西和乔治·穆肯的形象，不了解他们让他感到痛苦。托马·昆吉从未见过像他们这样无私的人，或者他可能无法理解他们，因为帕瓦西和乔治·穆肯在他心中仍然是一个谜。

托马·昆吉（Thoma Kunj）了解到，没有什么比真诚和承诺更重要的了。人们寻找奖励、快乐和利益。人类是自私的。一位贪婪的律师让艾米丽怀孕，并在她的儿子成为法官后判处他死刑。以自我为中心的宿舍管理员保护了一位政客的儿子免遭耻辱；她想守护一个年轻人的未来，一名省议员、国会议员、部长、州长、总统、总理甚至法官。托马·昆吉只是一个工人，一个在猪圈里工作的无名小卒，一个阉割猪的人，这样它们就能快速生长，为乔治·穆肯赚取更多的财富。

爱只是一个没有任何意义的词，它的回响似乎无穷无尽，但突然一拉，它就像魔术师的绳索魔术一样消失了。人类喜欢扼杀他们的爱，到了后期又恨它，无休止地想着消除它，并制定复杂的计划来消除他们曾经紧贴内心的爱，并把恨珍藏在一起日复一日、月复一月、年复一年。当爱占有所爱的人时，它会带来痛苦、痛苦、痛苦、名誉和冲突。爱情里，没有自由；占有是其最终的标志。阿基姆爱他的妃嫔，花了一大袋钱才占有她们，但当他憎恨她们时，他毫不犹豫地将她们斩首。亚伯拉罕想牺牲他唯一的儿子以撒来取悦他的上帝，而上帝希望在他用爱创造人类后得到人类的血。他把那些拒绝满足他的人扔进永恒的地狱。爱情是一个神话，就像神一样。

托马·昆吉在这个世界上是孤独的，就像被阉割的拉扎克或受伤的小野牛一样。捕食者很容易发现它并扑向它。他孤身一人，就像一头被遗弃的小牛，由单身母亲所生。

他阉割了猪；没有人保护小猪免遭他的刀砍，他靠阉割小猪谋生。阿基姆需要给拉扎克做绝育手术，因为只有绝育的拉扎克才能成为他妾的侍者。他诱使拉扎克与他在一起，拉扎克别无选择；他对阿基姆和他的马什拉比亚一无所知。拉扎克没有自由；他独自一人在阿拉伯，就像一头受伤的小骆驼在广阔无边的荒野中。拉扎克必须失去男子气概才能生存，阿基姆知道拉扎克的弱点是他的睾丸。上帝拥有优越的睾丸作为神，但他拒绝将其赐给人类；否则，人类就阉割了上帝。他用胡里和葡萄酒吸引了阿基姆和全世界数百万人，因此他们进入天堂来赞美他。

仁慈者憎恨胡里斯，因此他创造了没有睾丸的胡里斯。没有小时，没有人会去天堂，也没有人赞美全能者。没有小时，就没有天堂。

在剩下的墙上，托马·昆吉（Thoma Kunj）画了亚伯拉罕、摩西、以撒和雅各的神，但他憎恨上帝。他辱骂耶稣的上帝，教区牧师的上帝，后者索要贿赂，任命妈妈在一所教会开办的学校担任清洁工，工资由政府支付。在周日的布道中，牧师称妈妈为"veshya"，托马·昆吉厌恶牧师之神，创造了一个长有睾丸的牧师。当牧师拒绝将妈妈埋葬在教堂墓地时，他对上帝的憎恶变得无限。乔治·穆肯贿赂了牧师，他在他们埋葬爸爸的同一个墓地里提供了一点泥土。

在画作中，上帝和教区牧师看起来很相似。然后托马·昆吉（Thoma Kunj）用路西法画了地狱，他看起来像上帝；他是上帝。

牢房就是一个微型地狱，绞索就在地狱的入口处。

从牢房到圈套的通道很窄，两边都是高墙。许多人都双手被铁链锁住，穿过那里。他们被带到绞刑架上是为了满足法官的愿望，因为所有的决定都源于欲望。托马·昆吉还没有走过那条通道，当他漫步其中时，这将是他的最后一次旅程。刽子手在他的食道上打了一个结，使绞索变得坚硬，超越了所有的惩罚，没有人，甚至是法官，可以惩罚他。没有人能够施加任何报复或威慑，他将第一次成为一个自由人。这个世界上没有人是自由的，因为每个人都背负着生存的重担。托马·昆吉并没有要求他的母亲创造他。他出生后，他知道自己是被造的。人类自由是一个神话，是道德家创造的寓言，他们将这个童话灌输给所有人，并灌输虚假的自我，从而增强了他们的欲望和幻觉。他们把它应用到其他弱势群体、被压迫者、被征服者和无权无势的人身上。死刑增强了

瓦尔盖斯 V 德瓦西亚

少数人的自我形象，他们花几个小时宣讲死刑的回报，以便提高自我价值。托马·昆吉（Thoma Kunj）并没有试图改变自己的性格，因为他知道自己是谁。他在一家养猪场工作，所有人都知道这一点。他的母亲是一名清洁工，父亲在猪圈里工作，他也跟着父亲的脚步。

在最后一面墙上，他画了猪。他们半睁着眼睛，从不看天空、太阳、月亮和星星，看起来很可爱。一切都被隐藏起来，猪看不见它们；他们对他们来说并不存在。当有人知道某物时，它就存在了。猪没有上帝；猪没有上帝。所有的神都憎恨野猪，而猪则拒绝接受神。对于他们来说，上帝并不存在。托马·昆吉在猪群中画了自己的脸，看起来像一头猪，他感到很高兴。

上帝在第六天按照自己的形象创造了亚当，他感到很幸福。托马·库尼（Thoma Kunj）是新的亚当。

托马·昆吉（Thoma Kunj）很高兴为可爱的小猪、它们的妈妈和爸爸画画。他们尖叫着，高兴地跳上跳下，因为他们的父母为他们自由了而感到高兴。在乔治·莫肯的猪舍里，仔猪长到两到三周大时就会被阉割，每个月大约有二十头小猪被阉割。每年饲养两头公猪，饲养大约四十头母猪和大约四百头小猪。喂养良好的母猪的怀孕期持续三个月零三天，每次怀孕可产下八至十二只小猪。

猪的一生在屠宰场结束，这是它最后的成就或奖赏。但野猪从未犯罪，它们服从主人，就像拉扎克服从阿基姆，埃及多克西服从阿基姆一样。然而，阿基姆斩首了她，帕达雄没有质问他。

墙上的 Thoma Kunj 养猪场没有屠宰场，猪们庆祝着它们的自由。他们不像精英们那样能歌善舞。他们用胖乎乎的脸互相碰触、表达爱意，表达了见面的喜悦。托马·库尼 (Thoma Kunj) 很欣赏这种亲密的气氛，这是一种独特的庆祝活动，他加入了他们，并请求他们原谅阉割他们的行为。他知道他做了一些可怕的、不可接受的事情，这是他犯下的唯一罪行。但小猪们并没有报复心；他们没有对他给予任何威慑性惩罚。他恳求他们不要离开他，他们用哼声庆祝他的陪伴。

猪们喷着鼻息，走来走去，触摸托马·昆吉，因为它们很高兴没有断头台可以砍下它们的头，而托马·昆吉也很兴奋，因为没有绞架。没有恐惧，没有贬低的言论，他在墙上的猪很兴奋，为了交流，他们使用肢体语言和各种咕噜声。传来轻柔而响亮的咕哝声。每个都有不同的含义，作为对食物或愉快陪伴的期待的标志。粗暴的咳嗽声表明猪很恼火或生气，当猪悲伤或悲伤时，它会低声流泪。

养猪场开始后，乔治·莫肯带着帕瓦西，把小猪扛在肩上，与小猪一起跳舞，小猪的腿伸到他脖子前面。那是 1972 年 8 月，天下着大雨。他把她挂在脖子后面，从她的咖啡庄园走出来，爬上西高止山脉，朝他的村庄走去，大约有三十公里。乔治·莫肯（George Mooken）是一位充满活力的年轻人，活跃于库格（Coorg）的生姜种植业。由于这里的气候更适合，其产品远远超过了他在艾扬昆努的村庄。他的父母于1947年从帕拉移民，同年乔治出生。他没有兄弟姐妹，他的父母在乔治十年级时因疟疾去世。

帕瓦西的父亲德瓦·莫伊（Deva Moily）反对他的女儿嫁给一个来自另一个州的非库尔吉人，因为他信仰不同的宗教，说着不同的语言。他计划让帕瓦西接管他蓬勃发展的咖啡庄园，该庄园每年向国际咖啡公司出售数百万卢比的咖啡豆。儿子死后，德瓦·莫伊（Deva Moily）心情沮丧，他警告帕瓦西，如果她敢越过拉克什曼·雷卡（Lakshman Rekha）明线，他就会开枪射杀她。和他的父亲和祖父一样，德瓦·莫伊（Deva Moily）是一名中校，在第二次世界大战期间在英国军队服役。他在缅甸与日本人作战，失去了右腿，在加尔各答的一家军事医院住了六个月，然后返回库格并建立了自己的咖啡庄园。他有很多枪，狩猎野猪是他的爱好。

穆肯在咖啡庄园躲了四天，最后一天凌晨三点左右，他跳过了莫伊宅邸的院墙。正如帕尔瓦西所说，外门卫兵正在打瞌睡。他们被下药了。他走过花园里一条长长的小路，知道过去在房子周围走动的守卫也会被下药。那里有一间外屋，里面的门没有锁，穆肯悄无声息地走进了屋内。另一条走廊将其与主楼连接起来。

狗们已经熟睡了，德瓦·莫伊和仆人们也都睡着了。

乔治·莫肯走进了宅邸。帕瓦西正在卧室门口等他。她的双腿被铁链锁住，只能迈着小步走。穆肯把她举起来，像一只大猪一样挂在自己的脖子上。帕瓦西的背包里有一些食物和水。

跳过复合墙是很困难的；花了半个多小时才克服。然后穆肯漫步穿过咖啡庄园，走向森林。当他们到达山下的岩石时，已经是四点三十分了，距离德瓦·莫伊的宅邸大约三公里。在萨尔森后面休息后，穆肯从背包里拿出电锯，割断了帕瓦西脚踝处的铁块。但它太难打破了。

十分钟之内，他们开始攀登，帕尔瓦西肩上担着。陡峭的山丘上长满了常绿的灌木丛，一小时后出现了一片茂密的森林。穆肯并没有选择那些躲在各处射杀野猪和野牛的猎人的老路。攀登充满挑战，帕瓦西保持着深深的沉默。乔治·莫肯没有停下来攀爬，他扶着细长的树木，躲在大树后面。从巨石出发，他必须爬升约 6 公里，然后下降约 8 公里才能到达喀拉拉邦边境，从那里出发约 4 公里到达阿塔约利，然后再行驶 4 公里到达他在村里的家。一小时之内，他就能感觉到太阳的第一缕阳光在他身后，又爬了一个小时。他们在一块岩石和一棵大树之间休息，帕瓦西打开了她的背包。

他们的早餐是"Akki Otti"，一种用米粉、螃蟹、咖喱嫩竹笋、烤季风蘑菇和炸猪肉制成的未发酵大饼。包里的水瓶为他们解渴。七点钟，他们又出发了，帕瓦西站在乔治·莫肯的背上。八点三十分，他们在距他们约一百米的竹林附近看到一头孤独的大象，于是他们躲在一棵树后面。大约半小时后，大象爬向一条小溪，穆肯继续攀爬。不到一个小时，他们就遇到了一群野牛，它们的小牛在他们前面不远的地方穿过了他们的道路。他们再次停下来，靠向一棵树。过了一会儿，他们听到了一些声音。

"有猎人。"帕瓦西在他耳边低声说道。

"我能看到他们，"乔治·穆肯说。

他们正在追赶一群野猪，大喊大叫，四男一女，都拿着枪。

"在库格狩猎野猪很常见；男人和女人去打猎。整个晚上，他们都在灌木丛和森林里，"帕瓦西轻声说道。

"野猪的猪肉很好吃，"乔治说。

"我背包里有一些，"帕瓦西低声说道。

由于猎人们距离较远，他们开始攀爬。当他们到达山顶时，乔治已经气喘吁吁了。当时是十一点二十分。他们休息了一会儿，喝了水。帕瓦西的包里有香蕉片，他们嚼了一会儿。

向下爬比向上爬更加困难，因为乔治必须保持稳定的平衡。有时，肩上的帕瓦西是保持平衡的福气。那里有更多的树木、竹子和溪流。由于降雨量较多且植被茂密，更多的大型动物在山的西坡上漫步，带着幼象的大象群更喜欢这样的环境。一只黑熊危险地出现在他们附近，穆肯从腰带上拔出了左轮手枪。

下午一点左右，他们在两块巨大的岩石中休息。帕瓦西的背包里有几个小包，里面有蒸饭团、被称为 Pandi Curry 的野猪肉、被称为 Noolputtu 的煮熟的细米条和炸鸡。大约二十分钟后，他们又继续沿着雨林往下爬，途中遇到了大量名为尼尔盖（Nilgai）的羚羊和名为奇塔尔（Chital）或普利曼（Pulliman）的梅花鹿。帕瓦西低声说，他们现在正处于老虎保护区那格霍尔国家公园的北部边缘。

森林里充满了鸟类和动物，包括灰叶猴、老虎、懒熊和大象，乔治·莫肯小心翼翼地漫步。帕瓦西仍然仰面躺着，小心翼翼地保持着姿势。穆肯开始用竹竿往下爬，因为这段路很陡，很危险。晚上四点左右，他们到达喀拉拉邦边境，步行至少一个小时到达农民的第一个定居点阿塔约利。森林太茂密了，根本看不到太阳，但乔治·莫肯猜到了。半小时内，他们到达了有蟒蛇、眼镜蛇、猫鼬和孔雀的丛林；突然，他们可以看到太阳就在他们面前，就在西方地平线上方一点点的地方。

阿泰约利太棒了。大约三公里外，教堂的尖塔在阳光下闪闪发光，景色非常壮观。房屋、学校、医院、教堂、寺庙和清真寺之间到处都是绿色植物。大约六十五公里外，阿拉伯海出现在蓝色雾气之中。

太阳开始沉入大海，黑暗笼罩各处。乔治·穆肯选择了一条狭窄的道路，以避免农民从安加迪卡达武集市返回。

"帕鲁，你看，我们家就在教堂西边大约五百米的地方。"穆肯一边稳健地走一边说道。

"我可以看到教堂，"帕瓦西说。"从这里出发需要多长时间？"

"我们将在四十分钟内到家，"穆肯回答道。

他们在一片广阔的腰果种植园里休息了一会儿，然后穆肯轻快地走了过去。他急于回家而不将他们暴露在公众面前。他们进入一片没有灌木丛的橡胶园，步行变得轻松起来。教堂旁边的椰子园略显沼泽。黑暗四处蔓延，就像咖啡庄园里的季风云一样。帕瓦西点燃了她的火把，穆肯知道下一步该往哪里走。当他们回到家时，时间大约是八点十五分。

"帕鲁，我们到家了，"乔治兴奋地说。他深深的心悸可见一斑。

"乔治，"帕瓦西喊道并拥抱了他。

"亲爱的，谢谢你陪我一起来。我们已经开始了共同的生活。爱你的信任，"穆肯亲吻她的脸颊说道。

"让我感谢你的爱；你在西高止山脉上徒步了大约三十公里，穿过充满危险野生动物的充满挑战的地形。我们将永远记住这一天，并告诉我们的孩子庆祝这一天，以纪念我们的爱。"帕尔瓦蒂说。

"是的，我的帕鲁。我们一起征服了它；冷静点，我们会继续前进，"穆肯回答道。

他把帕瓦西带进去，用电锯割断了双脚踝上的链条。

"让我们把它保留下来，作为我们所面临的束缚、我们所忍受的斗争、我们所表达的打破束缚的决心、我们对彼此的信任以及我们永恒的爱的记忆，"帕瓦西说，拿起碎片。

这是一栋小房子，有两间卧室、一间大客厅和一间带餐厅的厨房。他们一起做饭。

帕鲁和乔治第二天讨论了他们的婚姻，穆肯说他更喜欢印度教婚礼。

"乔治，我想在教堂举行婚礼；让我们与教区牧师交谈并确定日期，"帕瓦西表达了她的愿望。

"帕鲁，你的幸福也是我的，"穆肯拥抱着帕瓦西说道。

晚上他们去了教堂，与教区神父商量，决定第二天举行婚礼。穆肯邀请了他的十个近邻参加仪式和聚会。

帕瓦西穿着迈索尔丝绸纱丽，乔治穿着灰色西装，系着红色领带。仪式很简单，聚会就在他们家举行。

傍晚四点左右，突然，他们家的院子里传来一阵轰鸣声。大约十辆吉普车和大约七十五名男子从车上跳下来，围着房子转，就像一群山狼围着野牛一样。他们每个人手里都拿着枪。

然后德瓦·莫伊拿着左轮手枪走进客厅。"帕瓦西！"他怒吼道。就像迈索尔动物园里受伤的老虎的咆哮声。

"杀了我，而不是我的帕瓦西，"乔治跪倒在莫莉面前恳求道。

莫伊用靴子踢了他的脸。

"你这个流氓，你竟敢从我身边偷走我的女儿。"莫伊一边怒吼着，一边用枪瞄准了穆肯。

"爸爸，请原谅我！"那是帕瓦西，跪在她父亲面前。她双手搂住他的腿，呻吟着。

莫莉站着不动。帕瓦西穿着她的迈索尔丝绸纱丽，莫伊想起了他的妻子索巴娜，她总是穿着丝绸纱丽，五年前在熊袭击中丧生。

"索巴纳，"莫伊喊道，扔出了左轮手枪。他抓住女儿的肩膀，将她抱起来。"帕瓦西，我永远做不到。"莫伊说着，哭得像个孩子。

"一旦你所有的孩子两岁了，就把他们送到库格。他们会在我的照顾下成长；我将在迈索尔和班加罗尔最好的学校和大学教育他们。它们不属于你，只属于我一个人。他们将继承我的财富。在这种情况下，我饶了这个人一命。"莫伊用枪指着穆肯，咆哮道。

"是的，爸爸，我同意，"帕瓦西说。

"欢迎您来到庄园，但是这个人永远不应该踏足那里。这是命令。"莫伊利说道，然后向前走去。

"那样的话，我永远不会去那里，"帕瓦西回答道。

帕瓦西和乔治·穆肯在安静的房子里庆祝他们的自由。她精心策划，并与丈夫进行了长时间的讨论。

他们在十英亩的土地上种植了产量较高的橡胶树苗，在山坡上种植了十五英亩的腰果，并种植了五英亩的椰子树。那里有各种芒果、菠萝蜜和其他果树。他们在河边开发的牛棚是最现代化的，饲养着五头来自慕那尔的泽西牛、三头来自南卡纳拉的布朗萨希瓦尔牛和两头哈里扬维水牛。来自卡奇、拉贾斯坦邦和北方邦的山羊每六个月就会繁殖一次，家禽养殖场也蓬勃发展。

谷仓旁边有一块三英亩的土地专门用于建猪场。

乔治·穆肯和帕瓦蒂每年都会有一个月的时间去国外度假，十五年间，他们走遍了欧洲和美洲的所有国家。穆肯在访问期间对畜牧业和农业感兴趣。帕瓦西从斯堪的纳维亚半岛、东欧和西欧、加拿大、美国和拉丁美洲国家收集树木种子，种植在他们位于艾扬昆努的农场上。

结婚一年内，孩子出生了，帕瓦西和乔治给她取名阿努普里亚。在她三岁生日那天，德瓦·莫伊派了两名护士和两名保安去艾扬昆努接孩子。父母痛哭流涕，只得把孩子送到了爷爷身边。Anupriya 在库格长大，在 Deva Moily 的庭院里玩耍。她完全忘记了自己的父母，流利地学习了当地的科达古语、卡纳达语和英语，却不懂马拉雅拉姆语的一个单词。阿努普里亚在迈索尔最好的学校学习，课程以卡纳达语和英语进行。帕瓦西和乔治·穆肯从未有机会与他们的女儿交谈。他们经常去迈索尔，站在阿努普里亚学校的门外看一眼他们的女儿。但对于阿努普里亚来说，她的父母是陌生人。

结婚十年内，帕瓦西和乔治建造了一座新房子，一座豪宅。

阿努普里亚出生十五年后，帕瓦西和乔治·穆肯又生了一个孩子，名叫阿努帕玛。阿努帕玛三岁生日那天，一辆吉普车从库格开来，车上载着两名护士和两名保安。帕瓦西和乔治·穆肯放声大哭，追着吉普车跑了几公里。阿努帕玛在她祖父的庄园里哭了好几天，并且拒绝进食。

阿努帕玛在一周内被送回艾扬昆努与父母团聚。护士和警卫在八天后再次登陆，将阿努帕玛带到了她的祖父那里。尽管阿努帕玛不再哭泣，但她仍然发烧和咳嗽了两周。她再次被送回帕瓦西，十五天后，护士和警卫来接她。第三次，阿努帕玛和祖父住了三个月，但她情绪低落、孤独、悲伤。她拒绝成为莫莉家族的一员。阿努帕玛被送回阿伊扬昆努并和她的父母住在一起直到她下一个生日。在她四岁生日那天，护士和警卫再次出现。尽管阿努帕玛很不情愿，但她还是不得不和随从一起前往。很快，她就考入了庄园附近的一所幼儿园，每天都有德瓦·莫伊陪着她，一直陪着她直到放学。

与此同时，在完成咖啡种植园管理 MBA 课程后，阿努普里亚（Anupriya）加入了她祖父的咖啡庄园，担任首席执行官。她在五年内将咖啡种植园又扩大了三百英亩。她收购了库格不同地区的咖啡庄园股份，与志同道合的咖啡庄园所有者组成了一个财团，并与一家瑞士公司签署了一项协议，为其位于库格的咖啡豆压榨厂提供足够的咖啡种子。她的祖父为阿努普里亚感到骄傲，经常告诉她她和她的祖母一样美丽和聪明。

在学生时代，阿努帕玛每月拜访一次父母，除了科达古语、卡纳达语和英语之外，她还学会了马拉雅拉姆语的读写。她和他们一起去教堂，加入唱诗班，并在圣诞节期间与颂歌歌手一起拜访了许多家庭。阿努帕玛在迈索尔上学，周末开车前往艾扬昆努后与父母住在一起。她崇拜她的父母，喜欢永远和他们在一起。

一天晚上，阿努普里亚突然出现在艾扬昆努。她是第一次来这里，帕瓦西和乔治·穆肯发现很难认出她，因为他们以前从未有机会与她交谈。阿努普里亚告诉帕瓦西，她的婚姻是她的祖父安排的，新郎是一名军队军官。她的祖父第一次告诉她，她的母亲和丈夫住在马拉巴尔的一个偏远角落。阿努普里亚是来邀请她母亲参加婚礼的。

"你父亲也在这里；我并不孤单，"帕瓦西对阿努普里亚说道。

"你怎么能带着这样的混蛋逃跑？"阿努普里亚喊道。

"你怎么敢虐待你的父亲，该死的贱人！"帕瓦西大声喊道，一巴掌打在了阿努普里亚的脸上。

血从她的嘴里渗出来。

"他是你的父亲。没有他，你就不会诞生；滚出我的房子，永远不要回来。"帕瓦西咆哮着赶走了阿努普里亚。

高中毕业后，阿努帕玛加入了印度理工学院马德拉斯分校，并在假期期间与父母一起参观了许多国家和著名大学。

阿努帕玛和阿努普里亚是陌生人，从来不愿意互相交谈，尽管他们的祖父尽力让他们成为朋友。

毕业后，阿努帕玛前往美国，进入常春藤盟校攻读人工智能研究生学位。两年之内，她在加州一所大学注册了微系统工程博士学位。帕瓦西和乔治·穆肯每六个月拜访一次他们的女儿，阿努帕玛珍惜他们的陪伴。当她在一家知名公司找到工作时，阿努帕玛邀请她的父母移民到美国并与她住在一起，对于帕瓦西和乔治·穆肯来说，这个邀请很诱人。很快，阿努帕玛开始了她的初创企业，并发展成为一家非常成功的企业，在许多国家设有分支机构。帕瓦西和乔治·穆肯决定前往美国与女儿共度晚年。他们要求 Thoma Kunj 在他们不在期间或直到他们回来并将他们的决定告知所有工人之前，将他们的财产视为自己的财产。

托马·昆吉惊讶地看着墙上帕瓦西的照片。她一生都很勇敢，深深地爱着她的丈夫。乔治·莫肯是一个幸运的人。他历尽地狱，将她像宝石一样扛在肩上回家。他不让她走，也没有回头。但奥菲斯就没那么幸运了。他前往阴间，将心爱的妻子尤律狄刻带回人间。哈迪斯同意了，但条件是欧律狄刻必须跟在他的身后走出冥界，而奥菲斯在穿过最后一道门之前不能回头看她。正好俄耳甫斯从外门走了出来；他转过身来，凝视着尤丽狄克的脸。可惜，她还没有跨过亡灵之地的边界；她消失在永恒的死亡之中。

乔治·莫肯很聪明，带着他所爱的人，不需要回头。帕瓦西始终与他同在，形体合一。

但托马·昆吉并不明智，因为他选择了沉默，拒绝为自己辩护。他把别人的罪行扛在肩上。绞索在裂缝的尽头等着他。

院长已经走出了牢房。托马·昆吉（Thoma Kunj）跟在他身后，两边都有狱卒，卫兵在他身后。游行开始了。

游行

游行队伍进入一条长长的走廊,一直延伸到绞刑架。这样的通道有两条,一条是供绞刑犯使用的,另一条是供要人、县长或政府任命的官僚使用的,他们目睹了绞刑,以核实并向政府报告正确的囚犯被判处死刑。。路径看起来很相似,但目的不同但并不晦涩。这些名人来自不同的背景,并制定了法律,通过消除感知到的威胁来保护他们。他们是汉谟拉比和边沁的后裔。

那些制定法律的人逃离了它更加阴暗的画廊。法律严厉对待那些无声无息、无权无势、被压迫、被征服、皮肤黝黑的人,并给予报复和报应。当权者让其他人保持沉默。托马·昆吉(Thoma Kunj)沉默寡言,没有父母、亲戚、朋友或上帝。他是一个被拒绝的人,孤独但直率。

作为印度总统参加共和国日游行,托马·昆吉(Thoma Kunj)处于游行队伍的中心。

除了监狱工作人员沉重的脚步声之外,队伍里一片寂静。

托马·昆吉(Thoma Kunj)赤着脚,失去了穿鞋的自由。他在没有警卫搀扶的情况下行走,因为他没有恐惧、希望或仇恨。还有几次,看守不得不抬着被判刑的人,因为许多人都失去了知觉。有些人拒绝行走,好像只要拒绝踩踏就可以避免套索。许多人可能会大声哭泣、嚎叫或哀叹；有些人无法接受命运，像五旬节传教士一样用语无伦次的语言喊叫，恳求上帝的怜悯和干预。一些人因恐惧而小便。

最后的挣扎是为了躲避绞索以保住呼吸，但断头台是不可避免的事实；那里没有出口。

托马·昆吉接受了生活的事实，克服了悲伤和痛苦。

说服法官不太明智，因为他已经对案件做出了判决。审判是一场骗局，他意识到证人有准备好的文字可供叙述。托马·昆吉以前只见过六名目击者中的三名。

托马·昆吉（Thoma Kunj）相信自己会被无罪释放，因为他没有做错任何事，法官甚至在审判之前就会意识到他是无罪的。事件是如此简单和直率。Thoma Kunj 下午三点左右到达旅馆；这是他第一次来访。将自行车停在停车位后，他走到正门，按下了呼叫铃。一名侍从出现了。她可能有五十到五十五岁；托马·昆吉（Thoma Kunj）告诉她，宿舍管理员叫他来修理漏水的管道。他向她解释说，他来自乔治·穆肯的养猪场，穆肯问他是否必须去宿舍做紧急的管道工作。服务员把他带到了宿舍管理员那里，宿舍管理员的办公室就在门口旁边。他站在房间门口，服务员敲了敲门。过了一会儿，典狱长打开门走了出来。托马·昆吉向监狱长重复了他的故事，监狱长看上去很严肃。她是个高高瘦瘦的女人，戴着一副眼镜。她的灰白头发很显眼。监狱长在他们三层宿舍楼的露台上解释了工作的性质。泄漏是从连接水箱的管道发生的。

宿舍管理员指示服务员将托马·昆吉带到大楼的露台上。他们爬上楼梯；这栋建筑至少有三十年的历史了，而且有些破旧肮脏。托马·昆吉跟在服务员身后。楼梯尽头有一扇门；服务员打开了门，托马·昆吉和服务员进入了一个又脏又乱的露台，露台的一个角落里有一个水箱。

水箱由红土褐砂石块和水泥制成；许多地方的灰泥都剥落了，露出了石头。但渗漏并不严重，无需紧急修补；从管道接头处只能看到几滴水。他确信旅馆的水管工会看到它。

Thoma Kunj 在半小时内完成了工作，泄漏完全停止了。十四岁时，他一加入养猪场，主要是阉割小猪，他就开始在乔治·穆肯的许多建筑物中做管道和电力工作，以赚取额外收入。但他从来没有去过其他地方做过水暖电工，出去做水暖工还是第一次。他之所以去宿舍只是因为乔治·莫肯的指示，他无法拒绝。托马·昆吉知道帕瓦西和乔治·穆肯将于同一天下午前往美国与他们的女儿无限期地在一起。前一天，他们把托马·昆吉叫到家里，晚餐时请他照顾他们的庄园，直到他们回来。这意味着他们将和女儿阿努帕玛在一起，晚年返回阿伊扬昆努的可能性很小。Parvathy 和 George Mooken 给了 Thoma Kunj 一个密封的信封，称里面有一份遗嘱，这是一份注册法律文件，表明遗产在他们死后将属于 Thoma Kunj。回到家后，托马·昆吉把它放在他的钢柜里。

完成工作后，他从露台上往下看。旅馆有一个很大的院子，至少有四英亩的土地，长满了灌木丛和爬山虎。旅馆前面的花园同样破旧。那里有几棵没有叶子的老椰子树或枯死的椰子树，到处都是他在塔拉塞里附近的腰果工厂看到的废弃烟囱。整个大院看起来很邪恶，托马·昆吉想知道女人如何才能舒适、平静地呆在那里。距主楼约二十米处，有一口井，周围灌木丛生，爬满了爬山虎。Thoma Kunj 注意到有一个铁楼梯从露台通向宿舍楼外的地面。

服务员没有等待托马·昆吉；她没有告诉他就已经走了。他打开长廊的门，独自走下楼梯。宿舍里几乎空无一人，到处一片寂静，就像是在墓地里一样。旅馆老板肯定是去度短假了。他对建筑物的物理状况感到很糟糕，因为许多地方的灰泥都剥落了，雨季期间水的扩散在墙上可以看到巨大的恶魔图像。

当 Thoma Kunj 回到宿舍管理员办公室时，她让他检查井内的水位和浸入式水泵的位置。她可以通过查看井来验证这一点，而她的要求对 Thoma Kunj 或旅馆没有任何作用，因为她告诉他检查井后可以回去。他想知道为什么她不想从他那里得到关于水量和水泵位置的报告。此外，她没有支付他的工作报酬，他认为这很不寻常。可能是因为她直接联系了乔治·穆肯并付款了。但帕瓦西和穆肯已经出发前往卡利卡特机场，搭乘下午飞往多哈和华盛顿杜勒斯国际机场的航班。他们将与阿努帕玛住很长一段时间。

和前一天一样，穆肯一周前给托马·昆吉打了电话，要求他在他不在期间照顾自己的财产、维护账目、支付工人工资并监督农场的工作，包括牛棚和猪圈。每当他们外出时，托马·昆吉（Thoma Kunj）都会处理他们的所有工作。这是一项重大责任，托马·昆吉（Thoma Kunj）对他与乔治·穆肯（George Mooken）和帕瓦西（Parvathy）的工作很诚实。他们信任他，也为他制定了一些计划。

由于他从大楼的露台上看到了井，因此他独自一人去了解水位，并追踪将饮用水输送到高架水箱的水下水泵的位置。他穿过一条内部走廊，穿过厨房一侧的一扇门，通向庭院。井边有一座泵房，已破旧不堪。

托马·昆吉靠在圆圆的井壁上。红土石块摇摇欲坠，非常危险。井里已经掉了很多石头，有的落在了地上。由于正值季风高峰，井里的水很多，他以为自己能摸到；他将右手伸进井里。但水还在下面。当他倾身时，几块石头落入水中，溅起水花，吓得狗窝里的狗大声吠叫。厨房里的厨师跑了出来，她的表情显然对噪音感到不安。

"发生了什么？是不是有什么东西掉进井里了？"她问。

"有几块石头掉下来了，"托马·昆吉说。

"那你为什么偏向井边呢？"她再次问道。

"只是看看井里的水深，以及浸入式水泵的位置。"托马·昆杰略显尴尬地回答道。

"不，我不敢相信你，"说着她走到托马·昆吉身边，朝井里看去。

"我告诉你的是实话，"托马·昆吉说。他知道，给她的解释是相当愚蠢的。

"这是一件很沉重的事情；水仍然有浮力，"她说。

"你为什么不相信我？"托马·昆吉问道。

她看了托马·昆吉几分钟，然后又回去了。

井内壁长有灌木丛和爬藤植物。无法看到浸没泵的位置，因为它很深，至少有二十英尺深。Thoma Kunj 在那里呆了两分钟，然后步行到停车场。他从宿舍门口的窗户看到一张脸在注视着他，但认不出那个人。托马·昆吉发动自行车出去了。

但当这个女人怀疑他时，托马·昆吉感到很糟糕。当其他东西落入水中时，她可能以为他在撒谎。

审判第一天，法官询问托马·昆杰是否有律师为他辩护。他回答说他请不起律师。顿了顿，他说案件很简单,他可以解释,不需要律师。再说了,他也没有兴趣防守。法官告诉他,法庭可以免费指定一名律师来保护他。托马·昆吉再次告诉法官,他可以解释真相,因为他不相信为自己辩护。在这个世界上,每个人都应该保护其他人。

托马·昆吉(Thoma Kunj)并不重视初审法庭上"辩护"一词的含义,因为他认为他可以向法官解释到底发生了什么。他并不在意检察官会根据印度刑法、刑事诉讼法、证据法,根据事件提出各种问题。托马·昆吉(Thoma Kunj)不知道这是一场基于证据的审判,而不是基于真相的审判。检察官可以根据证人提供的证据而不是事实或到底发生了什么来对他提出强奸和谋杀指控。

托马·昆吉想起了阿普,想起了托马·昆吉在校长室所遭受的肉体折磨,以及他以艾米丽的名义发的誓言,在任何情况下都不会为自己辩护。他并不关心校长室的审问和刑事法庭的循证审判是两个不同的现实。在法庭上,有些事件即使是真实的,也缺乏证据,谁也无法否认,但也无法作为证据。因此,在初审法院的审判过程中,真相可能会被驳回。事件或真或假,没有争论。托马·昆吉的世界里只有真实的事件,不可能有虚假的事件,因为虚假是不存在的。对他来说,发生的事情就是现实,其真实性是无法验证的。

经过多日的审判,当法官宣布判决时,托马·昆吉意识到这是一次不公平的审判,判决是假的。法院认为,证据不能存在于已发现的事实范围之外；它必须被看到、听到、触摸、尝到或闻到。假设一个人不知道森林里一朵不存在的花。托马·昆吉（Thoma Kunj）惊讶地发现现实的新定义——后真相。他的印象是有些东西在没有知识或证据的情况下就存在。但对于初审法院来说，这是一个经历过的现实。

因此，检察官和证人称托马·昆吉强奸了这名未成年人，勒死她并将她的尸体扔进井里，这就是证据。许多人断言它确实发生过，并通过改变其定义而成为事实。但托马·昆吉无法接受，因为有证据的事件并没有发生。

在审判中，法官解释了法庭上应遵循的基本规则。突然，Thoma Kunj 成为被告。检察官的开庭陈词包含了案件的核心：托马·昆吉(Thoma Kunj)前往女子宿舍，在其中一个房间强奸了一名未成年女孩，将她勒死，最后将她的尸体扔进井里。

托马·昆吉没有发表冗长的声明。他告诉法庭，他去了乔治·穆肯指挥的旅馆，会见了典狱长，并按照要求修复了泄漏的管道。他再次向典狱长汇报工作已经完成。然后他按照典狱长的要求走到井边查看水位以及浸入式水泵的位置。最后，他回到了家。

Thoma Kunj 并没有认真对待这次审判，因为他从未想过这会影响他的生活；他可能会因为他没有犯下的罪行而受到惩罚。他无法想象被判处死刑并再次上诉。当最终上诉被驳回时，他将被送上绞刑架。审判就像一场独幕剧；他认为他在学校里打球，他是一个角色。独幕剧结束后，他穿着校服，晚上就回家了。他相信自己会回到家，在养猪场从事日常工作，并在帕瓦西和乔治·穆肯不在的情况下照顾庄园，因为他们去了美国。

托马·昆吉（Thoma Kunj）方面没有任何证人，因为他认为自己就足够了，因此拒绝为案件辩护。没有必要有证人，因为除了帕瓦西和乔治·穆肯去美国探望他们的女儿之外，没有人知道他去了女子宿舍。托马·昆吉相信周日女工宿舍所发生的事情的真相。他认为当他解释了简单的事实后，法官会相信他。道理很简单，就像阳光一样清晰，毫无疑问。事情就是这样发生的；并不是没有发生，也没有争议，因为没有发生的事情就不存在。就像大家都说太阳是太阳，月亮是月亮一样，太阳不可能是月亮，月亮也不可能是太阳。

刑事案件的审判毫无意义，因为没有什么可以争论或验证的，托马·昆吉在心里质疑审判的目的。证据可能会造成虚假，而真相会在审判期间或结束时被埋藏在某个地方。证据才是决定因素，检察官可以做出来，天真的法官可以相信，也可以成为编造故事的一方。

法官是刑事审判的决定性因素。他可以支持真理，也可以反对真理。他可以随波逐流，以虚假证据压制事实，也可以站在事实一边拒绝虚假证据。

真理代表现实，与谎言相反，谎言不可能存在，因为它缺乏自我振动和内在潜力。真理与经验有关，但它只不过是事实；目击者无法改变它。正如谎言无法改变真理一样，真理总是支持另一个真理并理解下一个真理。真理是绝对的，当它被说出时，它断言了相互支持的具体事实、信念和陈述，并且没有矛盾。他的母亲艾米丽是事实，他的父亲库里恩也是事实，他爱他。他烧毁了所有耶稣圣心、圣母玛利亚和所有圣徒的画像，这是事实。上帝不存在是事实。所有人都有特定的知识和信念，相信他们的世界就是真相。

托马·昆吉不可能想到谎言，因为他总是说实话。他的父母教导他说实话。当他告诉法庭他没有看到女孩，没有强奸她，没有勒死她，也没有把她的尸体扔进井里时，他所说的是事实。他也不知道为什么要请律师在审判中为他辩护。托马·昆吉是他的律师，他可以说实话。但他不明白为什么他应该让法官相信他所说的是真的。警察的职责是查明谁是强奸犯，谁谋杀了未成年女孩，勒死她并将她扔进井里。无辜者在其中没有任何作用，托马·昆吉拒绝指定律师，也不接受法院指定的律师为他辩护。他不需要保护自己，因为让某人相信他的清白会伤害另一个人，因为每个人都要对每个人负责。

检察官编造了一个虚假故事，托马·昆吉认为法官会拒绝这个故事，因为他的工作是寻找真相。检察官对事件的陈述清晰且一致。他逻辑性强，在坚实的基础上提出了一个又一个的证据，挑战托马·昆吉的无罪。但检察官的说法虽有证据，但并不属实。证据与事实相反，托马·昆吉被送上断头台。

目击者是宿舍管理员、服务员、厨师和三名身份不明的人。他们的故事建立在坚实的逻辑基础上，该基础是由检察官编织和宣布的印度刑法典和证据法的连锁部分创建的。它们看起来像是事实，但目击者却是逼真的机器人。

第一个证人是服务员。她穿着纱丽，看起来很不一样，但托马·昆吉认出了她。她在法庭上表示，被告按铃后，她打开了门，并将被告带到了宿舍管理员那里。接到典狱长的命令后，她带着被告通过内部楼梯来到露台。她注意到被告很好奇，并仔细观察了墙壁和地面。她走到露台下方，从里面打开了一直锁着的门。在露台上，她向被告展示了作品，被告立即开始工作，但从未与她交谈过。两分钟后，她离开了他，下了楼，但没有从里面锁门，因为被告要下来与典狱长会面，向她通报工作情况。三十分钟后被告回来，她看到被告进入宿舍舍监的房间。她没有留在宿舍管理员和被告身边，因为她还有其他工作，不知道后来发生的事情。

法官告诉被告，由于他没有律师代表他，他可以询问证人。Thoma Kunj 没有向证人询问任何事情，因为证人在法庭上所说的话对证人来说都是真实的，他也不想询问证人。

"你为什么沉默？"法官问道。

"我有权利保持沉默吗？"托马·昆吉回答道。

法官说："你是被告。"

"对他们来说，我是被告，但对我来说，我是无辜的，"托马·昆吉说。

法官说："你需要保护自己。"

"他们必须保护我，不要错误地指控我，因为我不指控任何人。不可能对所有指控做出回应，而且我不会对任何指控做出反应，"Thoma Kunj 回答道。

法官笑了。

下一位目击者是一名行走困难的年轻人，就像患有小儿麻痹症一样。他告诉法庭，过去十年他一直是宿舍的清洁工。十几岁的时候，他就去那里工作，帮忙做饭，还为宿舍管理员跑腿。他通常每天早上五点和晚上六点启动泵。他住在旅馆一楼楼梯下的一个小房间里，是个单身汉。作为一个孤儿，他在假期里无处可去。

那是周日下午四点四十五分左右。他正在自己的房间里休息，听着电影歌曲。突然，他听到有人在哭。那是一个年轻女孩的声音；由于他在女子宿舍呆了十多年，所以他能听出女人的声音。但这是女孩的叫声，他打开门，进入走廊。再次传来微弱的哭声。他确信这是从一楼的一个房间里传来的。他疯狂地寻找房间，发现一个房间从里面锁着。他知道一个女孩住在她姐姐的房间里。她早上来到宿舍,并不知道姐姐前一天已经回家了。女孩在自己的房间里等着,五点左右就有开往她所在城镇的晚间巴士。

他敲了敲门,没有人开门。但他确信那个女孩就在房间里。他跑向宿舍管理员办公室,但她不在,他四处寻找,大约二十分钟后在花园里找到了她。告诉她这件事后,他跑向女孩的房间。宿舍管理员跑在他前面。当他们进入走廊时,已是晚上五点左右,他看到被告人抱着女孩,在走廊里跑来跑去。被告打开厨房一侧的门,但看不到监狱长跟着他。当证人走到门口时,他看到被告靠向井边。

"我没有看到他的脸,但我看到了他的侧面。我确信被告就是那个带着女孩尸体奔跑的人。"目击者说。检察官要求法官按顺序记下事件发生的顺序,打字员则将证人所说的每一个字都打下来。

托马·昆吉听着清扫工的话,一脸惊讶。这是不真实的。

法官询问被告是否要询问证人。托马·昆吉(Thoma Kunj)讲述了目击者对他的评价,所叙述的事件是错误的。他没有进入女孩的房间,也不知道目击者所说的那个女孩。托马·昆吉从未见过这个女孩,也不存在强奸、勒死、拖着她的尸体跑过走廊、扔进井里的问题。

Thoma Kunj 拒绝询问证人，因为他相信通过询问证人，他无法改变证人所说的谎言。

你要如何证明自己是无辜的？"法官问道。

"我为什么要证明自己是无辜的？我是无辜的，这是事实。但我不想向所有对我进行不实指控的人证明。对我来说，人类不可能阻止人们说谎。我有权不对谎言做出反应，"托马·昆吉（Thoma Kunj）说道。

"被告是你。只有反驳证人所说的才能证明你无罪。"法官说。

"我是。为什么我需要外部证据来证明我无罪？"托马·昆吉回答道。

"我需要证据；我不是在寻找真理。证据可以反驳谎言。你的沉默、自以为是和简单在法庭上是不够的。你必须保护自己免受生命危险。"法官解释道。

"我不相信不基于绝对真理的审判，"托马·昆吉回答道。

法官笑了。

下一个目击者是旅馆的园丁。他说，他与妻子和两个孩子在旅馆内一间旧的两居室小屋里住了六年。周日，他没有工作，但他经常在宿舍花园里散步。5点20分左右，他听到井边有骚动，跑过去，看到被告将一具女孩的尸体扔进井里。宿舍管理员就在门外，厨房旁边，扫地工就在她身后。井里传来哗啦啦的声音。厨师跑了出来，她对被告大喊大叫，问他在做什么。被告没有说话；他沉默了。园丁说他很害怕看到被告的脸。很快他就发动了自行车出去了，就像什么也没发生过一样。

托马·昆吉惊讶地看着园丁。他对自己的叙述充满信心，就好像这件事确实发生过一样。但园丁并不诚实。他所说的一切都不是真的。

法官再次重申被告是否有兴趣询问证人。托马·昆吉告诉法官，证人所说的纯属想象。尽管证人说了谎，托马·昆吉也没有兴趣询问证人，因为谎言无法转化为真相。

旅馆的看门人是下一个目击者，他是一个身材魁梧的男人，大约六英尺高，四十岁左右。过去十二年里，他一直在女子宿舍工作。还有两名看门人，每人每天工作八小时。每当一个人休假时，其他人就工作十二个小时。周日，他早上六点开始工作。被告于下午三点左右到达宿舍，门卫要求他将自行车停放在两轮车停车位。他问被告为什么来这里，被告告诉他他是来见监狱长做一些修理工作的。然后被告就进去了。大约五点二十分左右，井里传来一阵巨响，听见有人喊叫、哭喊。他跑向井边，被告就站在井边。宿舍管理员在厨房门外，扫地工在她身后。园丁站在井里往里看。厨师跑过来，问被告他在做什么，为什么有噪音，还问了几个问题。当被告要求他将自行车停放在两轮车停车位时,看门人可以认出被告的脸。

随后公诉人询问是否可以确认被告人的身份。看门人大声说:"是的",然后转向托马·昆吉,告诉法庭,他就是他所说的人,他就是站在井边的人。

托马·昆吉很想笑,因为他知道看门人在撒谎。但他认为自己并不是认真的。整部宫廷剧都是独幕剧,演完他就回家。托马·昆吉(Thoma Kunj)无法意识到审判的严重性,他认为这只是儿戏。

法官又给了 Thoma Kunj 询问证人的机会,Thoma Kunj 告诉法官证人在法庭上所说的都是谎言,从未发生过。何况他以前从未见过证人,也不想质问一个在法庭上说谎的人。

下面的证人是厨师。她告诉法庭,井附近的厨房外面发生了很大的骚乱,所以她跑到外面看看发生了什么事。宿舍管理员和清洁工已经到了。园丁正在往井里看。

证人询问被告发生了什么事,是否有东西掉进井里。被告回答说井里掉了一些石头。随后目击者询问被告为什么要向井倾斜,被告回答说他正在向井内查看水位和浸没泵的位置。证人称,她无法相信被告,因为有重物掉进井里,水位上涨了。证人告诉法庭,被告看起来好像在隐瞒什么。几块石头落下不会发出这么大的声音。发出噪音是因为被告向井中扔了一个重物。

法官询问被告是否想询问证人。托马·昆吉（Thoma Kunj）回复法官，他拒绝询问证人，但他希望对证人的言论发表评论。法官允许他发表评论。被告表示，证人对他的描述是真实的，但证人对其他证人的描述是不真实的。

检察官表示，被告接受了证人的陈述，拒绝询问证人。

最后一个目击者是宿舍管理员。她穿着白色棉质纱丽和长袖衬衫。她五十五岁左右，花白的头发梳得整整齐齐，绑在脑后，看上去气度不凡。眼镜框是银色的，她的声音虽然面无表情，但声音缓慢，却如同从瓦罐里说话一样，响亮而清晰。她的声音没有任何情绪变化。一开始，她以第三人称讲述了事情的经过。

被告于下午三时二十分左右来到宿舍。典狱长解释了 Thoma Kunj 必须完成的工作性质。他和宿舍服务员一起上到露台，修复高架水箱管道的泄漏问题。服务员立即返回，被告在半小时内完成了工作。被告获得报酬，监狱长要求他离开。然后典狱长开始谈论受害者。

她是一名十五岁的女学生，早上八点三十分左右到达旅馆，去见她的姐姐，一位旅馆老板。这名女孩是距离女工宿舍约两公里的一所学校的寄宿生。有时，在校长的允许下，她会去看望姐姐，与她一起度过周日，并在第二天一早回到学校。那天，她去宿舍和姐姐一起回老家过七日假，却不知道姐姐已经走了。晚上五点左右有直达老家的公交车，两个小时就到了老家，女孩就独自在姐姐的房间里等着。当被告走过宿舍走廊时，看到了女孩；他进入她的房间，强奸了她，然后勒死了她。

听到房间内有响动，宿舍的清洁工赶到了房间。它被从里面锁上了。他能听到房间里微弱的哭声。然后他跑到典狱长的房间去通知她。

典狱长突然将叙述改为第一人称。

"清洁工在花园里遇见了我，并向我讲述了女孩房间里的噪音。我和他一起快步走进了宿舍楼。我看到被告抱着女孩的尸体穿过走廊。他的脸清晰可见。他是被告。当时是五点十五分左右，被告在女孩的房间里呆了大约半个小时。我大喊着追赶他，但他打开门出去，把女孩的尸体扔进井里。园丁已经到了，看门人跑了过来，然后是厨师。"

被告强奸了女孩，勒死了她，手里拿着她的尸体，走到井边，把她扔了进去。

托马·昆吉不可置信地看着典狱长。她所说的是不实之词。宿舍管理员知道她在撒谎，但她认为她说的是真的。

法官询问 Thoma Kunj 是否想询问证人。托马·昆吉告诉法官，证人所说的几乎所有内容都是假的。他不想质问她，因为谎言永远不可能成真。她有权利说自己想说的话，但同时，她也有义务说实话。但由于她的证据不真实，她惨遭失败。

真理是真诚的、真诚的、诚实的，不需要检验或证据就是真理。只有害怕别人的人才会保护自己。相信自己的人是孤独的，托马·昆吉也是孤独的。他无所畏惧，接受发生的一切。但他对一切与事实相矛盾的事情提出了挑战，尽管他未能说服已经被他的历史所说服的法官。他想永远抹去这段历史，而这次审判对其他人来说只是一场幻想。当婴儿在子宫里成长时，他恳求母亲堕胎，因为它的出生会影响他的法律执业和他的未来。但女子拒绝答应。

托马·昆杰（Thoma Kunj）的案件在他的法庭受审，这纯属巧合。他知道托马·昆吉的纯真，但他不想承受对一个年轻女子的迷恋的负担。

库里恩从未询问过他在科塔亚姆银禧公园遇到的那个女人的来历。她的孩子是在他姨妈那里出生的。他娶了她，和她一起去了遥远的地方，在养猪场工作。库里恩（Kurien）爱托马·库尼（Thoma Kunj）就像爱自己的儿子一样。

托马·昆吉没有杀人，因为他没有强奸并窒息女孩。法官不接受 Thoma Kunj 的说法，因为他相信检察官的说法。检察官希望赢得诉讼，因为司法协助是他的朋友；此外，法官还想抹去他的过去。他们都有不同的目标要实现，但不知道对方的动机。

托马·昆吉（Thoma Kunj）没有责任反驳所有论点，揭露他人的谎言。他有权保持沉默，没有权利为自己辩护，他也不相信为自己辩护。他没有看到那个未成年女孩，这是事实。如果法官拒绝接受这一点，那也不是托马·昆吉的错，因为法官不了解真相，也未能找出真正的强奸犯。搜查并找到强奸犯不是托马·昆吉的职责，因为这是警察的职责。

托马·昆吉（Thoma Kunj）想象法官在寻找事实和迹象时可以轻松解读他的无罪。法官的职责是根据事实作出判决，托马·昆吉没有义务启发法官。如果法官做出了错误的判决，那就表明他没有能力主持正义。自私的人为自己辩护，不明智的法官做出了错误的判决。托马·昆吉（Thoma Kunj）的生活没有自私的动机。他的努力是过一种真诚的生活，不伤害别人。因为他不是他生命的理由，所以他没有理由捍卫自己的生命，尽管每个人的生命对于所有人来说都是宝贵的。

检察官告诉法庭，所有证人都见过被告，其中两人看到他抱着未成年女孩的尸体并将其扔进井里。其中两个人看见他靠向井边。当小女孩的尸体落入水中时，六人都听到井里发出一声巨响。所有六名证人都确信被告犯有罪行。被告强奸、勒死并杀害了未成年女孩。然后，他把她的尸体扔进了井里。他害怕询问证人，因为他害怕面对证据，而且他无法证明证人的论点中有任何错误。

由于刑法的各个部分和错综复杂以及证据法的复杂性，检察官创造了一个世界，他赋予托马·昆吉强奸犯和杀人犯的称号。他的每一句话都是一张网罗，是一张大网的一小部分，慢慢地、持续地、一步一步地缠住托马·昆吉。在别人眼中，托马斯·昆杰无处可逃，没有出口，他的清白如山峰上的晨雾般消失了。托马·昆吉并没有对自己的存在表现出任何依恋。他对法庭上发生的事情漠不关心，也不担心会发生什么。那表情是对检察官的认罪。

在某些情况下，托马·昆吉（Thoma Kunj）曾想过接受内疚。一个可怜的女孩被某人强奸并谋杀，有人必须承认罪行。必须有人说他做到了，而且没有人从法庭的观众席上站起来说："是的，我做到了。"不接受内疚是错误的，因为需要有人这样做。但他认为自己有责任承认责任并停止进一步审判。托马·昆吉（Thoma Kunj）一生中从未陷入过这样的泥潭，以至于他的大脑要求他承认自己没有做过的事情。这是为了帮助法官在没有明显罪犯的情况下不继续进行审判。有受害者，就不可避免地有凶手；即使他不是犯罪者，他也有责任承认这一点。但他是被告，尽管他没有强奸女孩、勒死她并将她扔进井里。这是一个杂念，但却违背了他的信念。

在他的沉默中，托马·昆吉表现为一名未成年女孩的强奸犯，尽管他从未见过她。他必须将犯罪的重担扛在肩上。

保持沉默超出了反对自证其罪的特权。即使不谈论自己的清白，也不为自己辩护，也是一种权利，因为每个人都有义务保护每个人，并且有责任不通过虚假指控来指责他人。对于 Thoma Kunj 来说，为什么要为自己辩护是一个没有答案的问题。没有人能给他一个合适的答案，甚至连法官也没有。

它隐瞒了有关无罪的信息，因为一个人不应该宣扬自己的荣耀。

"我是我的律师，但我不想谈论我自己，因为我相信我不需要保护自己。其他个人和社会有责任不说关于我的谎言。"最后一天开庭时，Thoma Kunj 对法官说道，法官嘲笑他的愚蠢。法官认为 Thoma Kunj 的论点乏味、空洞、肤浅或鲁莽。

托马·昆吉难以置信地看着法官，因为他希望法官不会把他的沉默当作对他不利的证据。

检察官哈哈大笑，加入了法官的行列。托马·昆吉用怀疑和有趣的目光看着检察官。他认为法官和检察官无知于人心对一切行为和信仰正直的向往。

当法官宣布托马·昆吉有罪的判决时，检察官的表情会是胜利的表情。他强奸、勒死一名未成年女孩，并将其尸体扔在女子宿舍的井里。

当托马·昆吉听到检察官脸上露出喜悦的表情时，他脸上露出了困惑，这是一种从无辜者的痛苦中萌发的喜悦。检察官知道他是为了政治家朋友的利益而编造谎言；当他成为部长时，他将被任命为法官。

托马·昆吉用鄙视和怜悯的目光看着检察官和法官。

他试图让任何人相信，除了他的母亲艾米丽、帕瓦西和安比卡之外，他从未碰过任何女孩或女人，但他的努力是徒劳的。他未能证明自己从未想过强奸女孩或妇女，因为他从未有过如此有缺陷的性冲动。

他从来没有想过要勒死任何人，因为除了阿普之外，他从来没有对任何人生气过。

但阿普却很恶毒。他试图当众羞辱托马·昆吉，而他的目标是托马·昆吉的妈妈。艾米丽是他的骄傲，任何想说她坏话的人都会让他心碎。他无法接受；那种痛苦超出了他的想象。

他对人类行为的无知使他保持沉默，其他人认为这是他犯罪的表现。他对遇到的任何人的信任使他变得脆弱，而他的安静和善良则与他作对。他无法清晰地解释事件，无法理解警察、法律和法庭的概念。他简单的生活与他格格不入，仿佛他是一个内向、不合群、与人为敌的人。在听取检察官的陈述时，托马·昆吉对自己无罪的信念表示怀疑，他认为自己可能在没有看到和触摸女孩的情况下强奸了她，掐死了她的脖子，并将尸体扔进了坑里。

即使在绞刑架上,除了地方法官宣读逮捕令前的几分钟外,沉默也掩盖了一切。

任何囚犯都不得目睹同犯被处决。托马·昆吉知道监狱长、两名高级狱卒和至少十二名警卫,其中包括十名警察和两名警察局长,将会被送上绞刑架。没有牧师会在那里,因为托马·昆吉不相信上帝。警司可以允许从事杀人犯和罪犯行为研究的社会科学家、心理学家和精神病学家目睹执行过程。

处决将在日出之前进行,所有囚犯都将被锁在营房和牢房中。

托马·库尼(Thoma Kunj)将被戴上头巾,因为他不被允许看到绞刑架。

监狱是一个独立的宇宙,是那些失去自由的人的世界。对于社会来说,独立性的丧失是由于自由的被盗用。但如果根本就没有自由,托马·昆吉哪里可以行使他的自主权呢?为了获得自决而失去了自决,如果没有自决,自决就会消失在存在的荒原中。

当托马·昆吉(Thoma Kunj)的最终上诉被驳回时,他永远失败了。

"罪犯是危险的性掠夺者;他对尊重和遵守国家法律的个人的和平共处构成威胁;他请求宽大处理的请求不会被接受。"

一句话的判决是准确的；它迫使监狱当局给很久没有使用的绞刑架上油，并指示监狱长拿一个坚固的绞索来绞死托马·昆吉。

但"危险的性掠夺者"这个词的含义超出了他的理解范围。他整整一周都试图让人们理解它，但失败了。监狱里没有人能让他明白这句话的意思。如果他的妈妈还活着，他本可以请她用简单的语言解释一下。他见过她给校长写信，而校长却不能正确地说或写英语。如果帕瓦西和乔治·莫肯在的话，他本可以问他们的。但就在他们出发前往美国的当天下午，托马·昆吉（Thoma Kunj）前往女子宿舍修理头顶水箱漏水的管道。

对于托马·昆吉来说，理解这些词的含义也同样具有挑战性，因为这对个体的和平共处构成了威胁。托马·昆吉（Thoma Kunj）从未对任何人构成威胁，除了殴打阿普（阿普称他的母亲为维夏）。当阿普试图诽谤妈妈的品格时，他非常愤怒。这很痛苦；这对他造成了无法修复的伤害。他的两颗牙齿掉了下来，咳出了一口血。这是托马·昆吉唯一一次对个体和平共处构成威胁。但没有人意识到阿普话里的恶意的严重性。他没有权利称妈妈为妓女。

但学校将 Thoma Kunj 从名单中删除，并拒绝向他提供转学证明；他无法进入另一所学校。由于学业即将结束，乔治·穆肯（George Mooken）与校长见面，恳求获得转学证明，但他失望而归。

托马·昆吉去了猪圈。他很擅长阉割小猪。他的刀很锋利，托马·昆吉只花了两分钟就完成了他的工作。两天之内，仔猪就恢复正常了；他们吃得更多，变得又胖又大。对阉割生猪的肉有更多的需求。但他无法忘记自己的学校，因为他想学习，成为一名工程师，并像帕瓦西和穆肯一样出国旅行。但托马·昆吉（Thoma Kunj）睡觉时会梦见他的小猪，并且喜欢小猪的气味。

他的第一次上诉被驳回也是尖锐而尖锐的：

"法律要求公正、正义、平等。被告勒死一名未成年人后，强奸了她，并将尸体扔进井里。他有严重不当行为的历史。请求宽大处理的祈祷遭到拒绝。"

托马·昆吉无法理解判决书中所用词语的真实性。他一生中从未发生过此类事件，他不记得强奸未成年人，没有不当行为的历史，甚至除了母亲之外从未拥抱过任何人。当他年轻的时候，帕瓦西常常拥抱他，在他的额头上留下甜蜜的吻。对于 Thoma Kunj 来说，判决中的事件和指控以及驳回他的上诉都是假的。他从未与女人发生过性关系，三十五岁，却因强奸和谋杀未成年人而被送上绞刑架。

突然，游行队伍停了下来；没有脚步声；一片寂静。除了监狱长、狱卒、医生、警卫和托马·昆吉（Thoma Kunj）之外，每个人都在监狱的围墙内睡觉。他们花了三分钟才到达目的地；到绞刑架需要两分钟。地方法官宣读逮捕令；刽子手会把他带到脚手架上，把他放在活板门上，然后用绳子套住他的脖子。他会走近被判刑的人，在他耳边低语：

"对不起;我正在履行我的职责。"

他的职责是绞死一个无辜的人。但核实被判刑者是否确实有罪并不是他的职责；这是法官的职责。与无数案件中的许多其他法官一样，这位法官未能完成他的任务。

刽子手的最后动作是拉动绞刑架的杠杆。然后医生会核实吊死者是否死亡，并在最后的证明上签字。

从牢房到绞刑架只需要不到十分钟。

又在坑内的绞索上晃来晃去十分钟。

社会科学家、心理学家、犯罪学家和精神病学家将开始无休止的辩论，无数记者也会加入其中。他们会撰写学术文章并主持讨论。

院长回头：

"捂住他的脸，"他命令道。

老狱卒拿出一块黑色缝布，放在托马·昆吉的头上，整齐地遮住他的脸。他将不再看到太阳、月亮、星星、动物、鸟类、树木、爬山虎、他心爱的阿扬昆努、被季风云覆盖的阿塔约利山峰、巴拉普扎河、河岸上的大象和老虎、椰子农场、养猪场，或者人类，包括帕瓦西、乔治·穆肯和拉扎克。

绞刑前用黑布遮住死刑犯的头部和面部，是一种保护绞刑者尊严的仪式。罪犯不应该看到绞刑架；没有人会看到他挂在绞索上时的面部表情和情绪波动。尽管社会毫不犹豫地指控他强奸并勒死一名未成年女孩，否认他的自由，但社会对他的自尊感到担忧，而目击者知道这是假的。但他们指责 Thoma Kunj 很容易成为猎物。所有目击者都从讲述虚构故事中受益。典狱长保护了一名参加州议会选举的政治家的成年儿子，该州议会是喀拉拉邦立法者的最终席位。

托马·昆杰（Thoma Kunj）在监狱里度过了十一年。当时，一位年轻人已成为该州的教育部长，并作为贵宾访问了许多学校和学院。他建议女孩们保护自己免受可能的强奸和像托马·昆吉（Thoma Kunj）这样的掠夺者的性轻罪的侵害，他生动地回忆起他强奸了未成年女孩并将她的尸体扔进井里后躲在宿舍管理员卧室里的一周。这个精力充沛的年轻人从未听说过拉扎克，但托马·昆吉不是阿基姆，他忘记了为自己辩护。

高等法院、最高法院和总统驳回了托马·昆吉的上诉，游行队伍由印度最受保护的人托马·昆吉开始，持续十分钟。有一次，他参加共和国日游行，在生命的最后一天，他戴着黑色头巾，毫无愧疚地走向绞刑架，被剥夺了发言权。

黑布

当艾米丽在十字架上上吊自杀时,她几乎赤身裸体。她似乎正在拥抱赤身裸体的耶稣。

艾米丽用椰子壳制作了绳子;大约花了一周的时间才完成。凌晨三点三十分左右,她打开儿子的门,走到他的床边,看了他一会儿。她只为他活了十三年,当他在她肚子里成长时,她不肯堕胎。托马·昆吉出生时,艾米丽十九岁。

三十二岁是一个很年轻的年纪。

艾米丽孤独地死在教堂前的十字架上。

那是一个雨夜;艾米丽正从家中步行出来。她左手拿着绳子,右手拿着一张塑料凳子。漆黑之中,她走了大约五百米,她对那条路了如指掌,因为十三年来,她已经在每个星期日、节日、所有圣徒节和万灵节走过它一千次了。

教堂尖塔发出的昏暗灯光在巨大的深色花岗岩十字架上投下长长的影子,耶稣的金属雕像看起来像一只大蜥蜴。

艾米丽经常去教堂,托马·昆吉在她还是个孩子的时候就陪伴着她。

库里恩拒绝去教堂;他不相信上帝;他更喜欢猪。

瓦尔盖斯 V 德瓦西亚

Kurien 并不反对 Emily 和 Thoma Kunj 去教堂；他从不把他的信仰强加给别人。他爱他的妻子和儿子，并为他们而活。当他的姨妈坚持要与艾米丽举行教堂婚礼时，他和她一起去了教堂。

乔治·穆肯和帕瓦西给了他一份工作，他很感激。库里恩刚刚从兽医学院完成一年的养猪证书课程，看到了一则招聘养猪场主管的小广告。他前往艾扬昆努并遇到了帕瓦西和穆肯。他们喜欢他并欣赏他的热情、系统的方法、希望和承诺。他只有十七岁。库里恩在乔治·穆肯的土地一角建了一个小棚屋，后来当艾米丽和托马·昆吉加入时，穆肯赠送了他小屋周围的半英亩土地。

在将 Emily 和 Thoma Kunj 带到 Ayyankunnu 之前，他与他们一起工作了七年。库里恩第一次休了三天假，去科塔亚姆见他父亲的妹妹玛丽雅姆，她是他唯一在世的亲戚。她在英国当了四十年的护士，当她的医生丈夫去世后，她回到了她和丈夫在科塔亚姆建造的房子，把她的孩子和他们的孩子留在了英国。

库里恩很小的时候就失去了母亲，父亲是税务局的职员，没有再婚，开始酗酒，失去了一切，死在街角。库里恩从十岁起就在牛棚工作，继续学业，入学，然后参加了为期一年的养猪证书课程。

与他父亲的妹妹在一起的第二天，晚上七点左右，库里恩看到一名年轻的孕妇独自坐在他姨妈家旁边的朱比利公园里。他意识到她需要帮助。天色渐暗,下着毛毛雨。他走近她。从他的小猪感觉中,他闻到她正处于怀孕的最后阶段,需要立即帮助。那个女人告诉他她无处可去,库里恩让她和他一起去他姨妈家,什么也不想。她无法行走;库里恩将她抱在怀里。

玛丽雅姆没有浪费任何时间。她把艾米丽抱进屋里,用温水给她清洗身体,喂她营养丰富的食物,并按摩她的腿和手臂。整个晚上她都没有睡觉,一直陪在孕妇身边。恰好第二天四点五分,艾米丽分娩了。库里恩(Kurien)在那里协助他的姨妈度过了整个晚上,他是第一个触摸孩子的人,因为他在乔治·穆肯猪圈的经历对他帮助很大。

第七天,玛丽雅姆带着婴儿去了她的教区教堂。艾米丽和库里恩跟着她。他们给孩子施洗;玛丽雅姆建议以托马斯作为婴儿的名字,以纪念喀拉拉邦基督教的创始人圣托马斯使徒。神父用阿拉姆语-叙利亚语和马拉雅拉姆语背诵祈祷文。

玛丽雅姆安排了一场聚会,并邀请了教区牧师、教堂司事、祭坛侍童和她的近邻参加当晚的聚会。

库里恩将假期又延长了一个星期,总共十天,他计划返回马拉巴尔,第二天将艾米丽和托马·昆吉留给玛丽雅姆照顾。他告诉艾米丽他第二天就会回去。艾米丽看着他,默默地哭泣。

"你想和我一起去吗？我在养猪场工作；除了在我雇主的土地上建造的一间小屋之外，我什么都没有，"库里恩说。

"我喜欢和你一起去地球上的任何地方；我不需要财富，只需要爱和有人爱。"艾米丽回答道。

"你确定吗？"库里恩想从艾米丽那里得到保证。

"当然。我会和你一起生，一起死。"艾米丽说道。

库里恩和艾米丽告诉玛丽雅姆他们的决定。玛丽雅姆向艾米丽赠送了婚纱，向库里恩赠送了一套西装和两枚结婚戒指后，再次带他们去了教堂。在牧师面前，艾米丽和库里恩交换了誓言，这是他们对彼此做出的爱和奉献的承诺。宣读誓言后，他们交换了左手无名指上的结婚戒指，因为他们相信无名指上有一条静脉直接通往他们的心脏。于是神父宣布艾米丽和库里恩为夫妻。

"我现在宣布你们为夫妻。"

最后，神父"奉父、子、圣灵的名"祝福他们。

玛丽雅姆表达了她收养托马·昆吉的愿望，因为艾米丽和库里恩不会成为八卦和人格诽谤的受害者。她真诚地爱着 Thoma Kunj，并愿意把他当作自己的孙子来照顾，教育他成为一名医生、工程师或 IAS 官员。

艾米丽无法想象没有她的儿子和丈夫的世界。

玛丽雅姆厌倦了孤独的生活，希望在晚年能有人爱。尽管如此，她还是理解艾米丽对儿子的爱。

当他们从科塔亚姆（Kottayam）乘坐火车前往塔拉瑟里（Thalassery）时，艾米丽（Emily）将托马·昆吉（Thoma Kunj）紧紧地抱在了心上。

这是艾米丽第一次去马拉巴尔，她喜欢艾扬昆努。Parvathy 和 George Mooken 张开双手接待了 Emily、Thoma Kunj 和 Kurien，并在农舍里为所有工人安排了一场聚会，欢迎 Emily 和婴儿。帕瓦西与艾米丽没完没了地交谈，并表示很高兴见到她并有她作为邻居和朋友。

乔治·穆肯（George Mooken）和帕瓦西（Parvathy）赠送给艾米丽（Emily）、托马·库尼（Thoma Kunj）和库里恩（Kurien）庇护所周围的半英亩土地。

库里恩和艾米丽在他们的小小屋里开始了他们的生活，帕瓦西和乔治·穆肯承诺在经济上帮助他们建造一座房子。艾米丽告诉他们，她需要工作，并不指望直接的经济帮助。但由于她没有取得教师培训文凭，没有资格担任小学教师，也没有完成大学学业，因此没有资格从事其他工作。

艾米丽愿意做任何工作，并表示愿意在牛棚或猪舍工作，但帕瓦西劝阻了她。

艾米丽申请了教区教堂所属学校的清洁工工作。工资来自政府，但她无法向担任学校经理的主教支付巨额贿赂。乔治·莫肯告诉艾米丽，距离他们家大约两公里的政府开办的学校有一个清扫工的空缺,艾米丽申请了这份工作。三个月内,艾米丽收到了教育官员的预约令。

当艾米丽接受公立学校的工作时,牧师对她很不满意。她向教区神父解释说,她很难向教堂支付报酬。不过,公立学校是不需要交任何固定费用的,任命的标准就是她的资质。

托马·昆吉五岁时开始就读教会开办的学校,该学校距离家只有五分钟的步行路程。乔治·穆肯(George Mooken)向牧师捐赠了一万卢比,以在学校获得一个席位。托马·昆吉(Thoma Kunj)是一个活泼的孩子,擅长学习和课外活动。和他的母亲一样,他能说流利的马拉雅拉姆语和英语。许多老师都嫉妒他。

托马·昆吉(Thoma Kunj)喜欢骑在背上,胳膊搂着库里恩的脖子,腿搂着他的腰。库里恩一有时间就喜欢背着他。艾米丽经常大笑,看着父子俩骑马。

他们一家人前往坎努尔和塔拉塞里,在海滩上度过了很长时间,每三个月在沙滩上玩一次投球游戏。他们晚上看马拉雅拉姆语和好莱坞电影,住在酒店,喜欢出去吃饭。

他们两次前往科塔亚姆并与玛丽雅姆住在一起,她永远不会忘记给托马·昆吉和艾米丽送一袋装满礼物的礼物,包括衣服。但玛丽雅姆的突然去世结束了他们的科塔亚姆之旅。

托马·昆吉（Thoma Kunj）爱库里恩（Kurien）和艾米丽（Emily）。每天晚上，他都会等待父亲在猪舍里长时间工作后回来。库里恩每周两次与司机一起前往班加罗尔、迈索尔和卡纳塔克邦的其他偏远地区，因为库里恩负责管理当地许多餐馆和酒店的猪肉配送。他从来没有忘记给托马·昆吉送礼物，尤其是科技方面的书籍。

Kurien 是 Thoma Kunj 最好的朋友，Emily 是他的兄弟姐妹。他与她分享了他的愿望和期望，艾米丽热切地倾听他的诉说。Kurien 突然去世后，Emily 与 Thoma Kunj 讨论了他们的家庭、财务状况和计划。当他十二岁时，艾米丽与他分享了她的背景，并保守了这个秘密。艾米丽很尊重托马·昆吉，认为他十二岁时就会成为一个能够理解人类复杂问题的成熟人。托马·昆吉（Thoma Kunj）站在母亲的身边，充满了焦虑和担忧。

托马·昆吉（Thoma Kunj）喜欢艾米丽的样子。她有一种罕见的魅力，他觉得他的妈妈很漂亮。他很喜欢梳理她的短发，看起来又黑又可爱。

艾米丽是她所在社区妇女团体的积极成员。女性喜欢她用清晰的语言表达自己想法的能力。她走访了许多家庭，与妇女和女孩站在一起解决她们的一些问题，例如丈夫酗酒和家庭暴力，其中受害者大多是妇女。

每个周日下午，艾米丽都会带着托马·昆吉去镇上的一家敬老院，距离他们家大约十二公里。艾米丽有一辆两轮车，她开起来毫不费力。敬老院大约有六十五名囚犯，其中大多数是丧偶和被拒绝的妇女。大多数女性年龄在六十五至八十岁之间。不少志愿者经常到家中做志愿服务。艾米丽打扫和拖地餐厅、客厅、宿舍和厕所。有时她用洗衣机给犯人洗衣服，给犯人洗澡，用毛巾擦干身体。托马·昆吉（Thoma Kunj）总是和艾米丽在一起，他帮助母亲做事。他对老年人产生了亲和力和爱心，并试图理解他们的情绪，尤其是痛苦、焦虑、悲伤和悲伤。他知道丧偶妇女被她们的儿子赶出家门，有些妇女在街角过着悲惨的生活。大多数窗户都由他们的近亲，主要是他们的孩子保存在机构中。Thoma Kunj 带着同理心聆听他们的故事。这些妇女面临着不少问题：她们比丈夫活得更久，孩子在国外定居，一些妇女把所有财产都交给了孩子，相信孩子会在晚年照顾她们。

与那些被拒绝的人的亲密关系影响了托马·昆吉（Thoma Kunj）制定了他的人生目标：自我超然。他感觉自己与家里的所有囚犯都是一体的。他们的故事就是他的故事，他们的痛苦就是他的痛苦，他们的希望就是他的希望，他们的快乐就是他的快乐。他对人生目的的认知源于他与他人的共同经历，它像一棵榕树一样生长，为每个人提供荫凉。他克服了自己的存在，拥抱了他人的感受，对他人的福祉承担了同等的责任，因为他和他人之间没有区别。

托马·库尼（Thoma Kunj）忘记了自己；他和另一个人一样进化。

艾米丽对托马·昆吉情感和心理成长的启发在他的言行中表现得尤为突出。在他的成长过程中，没有一个塑造他的生活和未来的自我主导的自我。艾米丽是他吸引力的中心。她对他人的关爱、单纯、勇敢、直率让他着迷。

艾米莉作为妇女代表之一被选为当地教区议会成员。董事会成员包括三名女性和七名男性成员。另外两名妇女是修道院的修女，在教区学校担任教师。修女们总是表现出优越感，因为她们是毕业生和老师。他们把艾米丽当作一个贱民、没有任何社会地位的女人。他们很嫉妒艾米丽是一个更好的演讲者，可以有效地传达她的想法。他们很羡慕艾米丽，因为她英语更好，而且无所畏惧。她公开表达了自己的意见。

神父不鼓励妇女在教区议会会议上发言，修女们也保持着深深的沉默。每当艾米丽想说话时，牧师就会提醒她，会议是男性会议，女性的工作就是听牧师讲话。艾米丽表达了自己与神父的不同意见，渐渐地，牧师嘲笑艾米丽没有读过圣经，不知道女性在教会中的地位，就成了习惯。大多数男人都同意牧师的观点，并谴责艾米丽的自信行为。他们说女人不应该在教区牧师面前大胆。

神父拿起圣经，读了圣保罗写给提摩太的第一封信：

"我不允许女人教导男人或对男人行使权威；她一定很安静。"

神父读完这段话后表示，女性在教会和社会中仅处于从属地位。她们需要服从男人，尤其是教区牧师。

艾米丽什么也没说。她若有所思地保持着沉默。

还有一次，艾米丽想谈论教区里那些被剥夺大学教育的女孩，因为许多父母比儿子更喜欢接受高等教育。神父要求她闭嘴，并告诉她应该在家人和教堂里保持沉默。她不被允许说话，但必须服从。

艾米丽告诉神父他仍处于中世纪；几个世纪以来，世界发生了巨大的变化，妇女也获得了名声和声誉。此外，没有妇女的参与，任何文化或文明都无法生存。

教区牧师做出剧烈的手势，对艾米丽大喊大叫。两个修女和几乎所有男人都支持牧师虐待艾米丽。但艾米丽告诉牧师，他是她见过的最严重的厌恶女性者。牧师勃然大怒，将艾米丽从教区议会中除名。在下次会议上，另一位修女被选入委员会。

这并没有影响艾米丽，她与库里恩讨论了一切，库里恩告诉她，没有教堂和上帝，他们也可以生活。尽管两者都对人类生活产生了重大影响，但如果他们决定拒绝它们，那么没有它们就很容易生活。将宗教和上帝视为神话和迷信、压迫性和父权制、文化进化过程的邪恶分支。男性为男性创造宗教，以压迫女性并使她们遭受奴役和性侵占。历史表明，男性利用宗教作为武器来压制理智的声音、社会进步和民主。宗教始终反对民主和启蒙。艾米丽饶有兴趣地听着库里恩的讲话，因为她的丈夫理解女性，尤其是他的妻子对自由和平等的渴望。在她的磨难中，他像磐石一样与她站在一起。

艾米丽和库里恩热爱并珍惜彼此的陪伴，托马·昆吉从他们身上学到了基本的感情课程。他们的存在使他充实，他仔细观察他们的言行。它们始终是他的灵感来源。

托马·昆吉（Thoma Kunj）跟随他的父母，发展了一种超越利己主义的人生哲学。每个人都有一个有尊严的地方，因为他喜欢与学校的其他学生分享父母乔治·穆肯和帕瓦西的礼物。从小到大，他也理解别人，有苦有忧，有焦虑有悲伤，这些都会对每个人的生活产生负面影响，他有责任帮助他们珍惜生命。他拒绝说谎，也不给别人带来痛苦。其他学生也有和他一样的愿望，和他心底有一样的感受，和他内心有一样的担忧。他注意到，直到四年级之前，几乎所有男孩和女孩都表现出同情心和体贴。一旦他们进入五年级或十岁，他们就会逐渐失去同理心和平静。托马·昆吉（Thoma Kunj）渴望保持原来的样子，实践他从父母那里学到的东西以及他们向他灌输的价值观。

但这给他的生活带来了压力和冲突，因为其他人用怀疑的眼光看着他，对他做出恶作剧的评论，有时使他成为恶意计划的受害者。

当他与父母或独自旅行时，他对其他乘客很礼貌；有时，他的行为会被误解。他了解到他不应该对他人太友好，尤其是陌生人。托马·昆吉（Thoma Kunj）第一次从卡利卡特机场飞往科钦，他惊讶地看到乘客们在飞机入口处互相推搡。他在下飞机时也注意到了同样的行为，他在大城市和市场目睹了这种情况。人类的基本行为在所有情况下都是相同的，无法改变，因为人类在极端条件下的行为就像动物一样。托马·昆吉在阅读安第斯山脉空难受害者的故事时了解到，受过高等教育、有权势、富有、有影响力的人和文盲、体弱、贫穷和无影响力的人的行为没有区别。一些乘客通过吃人的方式幸存下来，直到搜索队到达。

托马·昆吉无法同意那些支持木犀草号达德利船长立场的人，达德利船长和他的两名水手杀死并吃掉了船舱男孩理查德·帕克。他们在南大西洋遭遇海难，十九天没有食物。杀死并吃掉船舱男孩是他们唯一的选择。托马·昆吉（Thoma Kunj）反思了管理人们集体生活的法律的本质。他发展了一种价值体系，即特定的义务和权利应该受到社会的尊重，其原因与社会后果无关。与其他动物一样，人类在生物学上都是以自我为中心的，行为都是为了自己的利益，但托马·昆吉想要与众不同；他想要无私地生活，尊重他人的感受。

托马·昆吉变得孤独而沉默，处处面对不法行为，尤其是在学校。他的朋友们变得越来越自我意识，对自我成长感兴趣，因此贬低他人。大多数教师鼓励个性和个人成就；这让托马·昆吉很痛苦。当他被选中参加共和国日游行时，几乎所有的朋友都在议论他，而不是赞扬和鼓励他。突然之间，他成为了他们羡慕的对象，但对于托马昆吉来说，他从来没有夺过他们的任何东西，没有说过任何坏话，也没有伤害过他们。

他看到自己和朋友之间存在着巨大的鸿沟，很难弥合。

"他是扫地工的儿子，他们怎么会选他？"有人问道。对他们来说，选择的标准是父母的地位、社会背景和经济条件。

"他去世的父亲在养猪场工作，他还参加共和国日游行。"一些老师也评论道。

托马·昆吉（Thoma Kunj）对他的老师们感到怜悯。他们对人性的看法是狭隘的、狭隘的、贬低的价值体系和缺乏自尊的。

衡量人的能力和人性的标准是不同的。师生们并没有将其视为集体的成就、共同的庆祝和幸福的事业。相反，他们注入了仇恨和嫉妒。托马·昆吉（Thoma Kunj）没有拿走别人给予的任何东西；他选择参加共和国日阅兵是基于明确、具体和自信的选择，他也满足了这些要求。尽管如此，托马·昆吉并不认为自己更有功绩，因为功绩不应该成为选拔的原则，因为它是特定社会和心理背景的结果，其他人可能无法接受。因此，努力并不是获得优点的理由。

但 Thoma Kunj 却因出身和优点而遭到朋友们的排斥；两者都不是他的创造，他想谴责两者。他的一生就是一次与众不同的实验。他渴望对生活有不同的看法，并通过无私的生活棱镜观察事件。没有人教他这样做，但这是启蒙，一种新的认识，重点是不伤害任何人。他不想说谎或为自己辩护，希望保持沉默。父亲的去世塑造了他的新进化过程。他设身处地为别人着想，别人却没有把他视为一个无私的人，或者说他们没有做到无私、不以自我为中心。

对于托马·昆吉来说，这是一场斗争，就像艾米丽与教区牧师的斗争一样。这是痛苦的，也是难以忘记的，因为自我需要不断的训练。他观察他人，了解到每个人都有一个人生目标，并努力实现它。每个人都有悲伤和快乐的背景；它们和他自己的一样痛苦或珍贵。

和他的母亲艾米丽一起在敬老院工作是一种转变。它改变了他的想法、内心和生活方式。他开始在自己身上看到别人，在别人身上看到自己。但一旦他对一个人生气了，他的生活就彻底改变了。他从来没有打算打阿普；他从来没有想过要打阿普。尽管如此，它还是发生了。它有痛苦的惩罚。尽最大努力实现和平共处是不够的；敌人可能不知从何而来。艾米丽也发生过这种事。

牧师不喜欢艾米丽在教区议会会议上提出问题。尽管他将她从议会中除名，但他心里却对她怀有怨恨。只要有机会，他就试图公开羞辱艾米丽。但艾米丽却能说得有理有据，谦逊有礼，暴露了神父的傲慢和无知。当她没有机会说话时，牧师想在周日的布道中让她难堪。牧师知道艾米丽经常参加周日的礼拜，并计划在布道期间惩罚艾米丽。他的周日演讲主要来自福音书和使徒书信，并且在许多周日，他都在寻找圣保罗的引言。

那个星期日，读经是哥林多前书第十一章，他的讲道就是基于该读经。他用清晰的声音重复了他所读到的内容。

"人是神的荣耀，因此，他不应该蒙着头。女人是男人的荣耀。"然后他看向聚集在教堂里的信徒们，他的目光就像一只凶猛的秃鹰寻找兔子一样寻找着艾米丽。她坐在第二排长凳上。她在教堂里从不遮住头，露出短发。

他继续布道，仿佛是在对信徒们说："女人应该遮住头。"

艾米丽是教堂里唯一拒绝蒙住头的女性，她明白牧师在谈论她。女人和男人都用恶毒的好奇心看着艾米丽，有些人开始闲聊。神父很高兴艾米丽和会众明白了他所说的话的深层含义。

神父再次看着艾米丽说道：

瓦尔盖斯 V 德瓦西亚

"妻子剪掉头发是可耻的。"

沉默了几秒后，神父再次开口：

"如果丈夫缺乏恩典，妻子所做的就是他的荣耀。"

牧师的目标是她死去的丈夫。库里恩不是信徒，他也从未参加过教堂的礼拜活动。牧师说一个已经不在人世的人的坏话，也是站在讲坛上的，是不符合宗教信仰的。邪恶的行为没有边际，牧师一旦获得不受限制的权力，就会变得非常恶劣，观众无法反应，也被禁止反击。库里恩有着一颗金子般的心，是与神父相对的贵族。艾米丽的心在燃烧，她的血液在沸腾。但她受到社会的限制，无法做出反应，因为教堂是一个神圣的地方，牧师将面包和酒转化为基督的身体和血，以纪念最后的晚餐和受难。牧师不应该对死者及其妻子的外貌说坏话。发型是女性个人的选择，是自由平等的体现；没有牧师、没有教会有权力否认它、说它坏话。

库里恩并不反对艾米丽修剪头发；他很高兴看到她的发型，并总是鼓励她根据自己的需要和选择成为一个自由的女人。艾米丽看着神父，想怒吼一声"闭上你的臭嘴，不准说女人坏话"，但她又控制住了自己。在第一世纪，一个来自塔尔苏斯的疯子，一个希腊狂热分子和一个大男子主义者，给科林斯的男性写了一些愚蠢的信件。他想控制那些永远领先丈夫一步的进步女性。他的名字叫保罗，尽管他从未见过耶稣，但他自称是耶稣的门徒。但保罗将耶稣变成了基督，一个虚构的存在，人与神的融合体，神的无性儿子。

保罗是一个爱开玩笑的人，一个压迫者，一个原教旨主义者，有征服耶稣女性朋友的经历，她们总是与耶稣同行，听他的比喻。当他被男门徒加略人犹大出卖时，他们和他在一起。耶稣被带到各各他后，另一名男子彼得就逃离了耶稣。当罗马人把他钉死在十字架上时，他的女性朋友和他在一起。除了约翰之外，所有的人都消失了并躲在黑暗中自救。抹大拉的玛丽亚在他的坟墓里度过了三个晚上，当他复活时，她是第一个见到他的人。她因喜悦和幸福而惊呆了，并称他为"我的主"，这是希伯来语和亚拉姆语中丈夫的意思。

耶稣的男门徒想要否认她的丈夫抹大拉的马利亚。他们试图剥夺她、她的地位和她的亲密关系，并称她为妓女。耶稣的男门徒否认妇女在教会中的合法地位。艾米丽认为牧师也在做同样的事情。即使在二十个世纪之后，教会仍然生活在这种否认之中。它想成为一个厌恶女性主义者的组织。艾米丽从座位上站起来；她环顾四周；全会众都看着她。

"我为牧师感到羞耻。他的话不是出于耶稣，而是出于耶稣。他滥用讲坛说寡妇的坏话；我反对他对我已故丈夫的侮辱性言论。尽管他是无神论者，但他从未伤害过任何人，也从未说过别人的坏话。如果牧师信仰上帝,他就要对上帝负责。"艾米丽平静地说,然后走了出去。

教堂内鸦雀无声。会众难以置信地看着牧师,没有人听懂牧师在最后的讲道中所说的内容。

周日的布道在教区居民之间引发了持续数月的无休止的争论、紧张和冲突。它将信徒分为三个明确的群体,其中支持牧师的群体是最重要的大多数。他们害怕神父和主教,害怕神父的诅咒、拒绝洗礼、婚礼和在教堂墓地内的埋葬。教区居民要想在教会开办的学校、学院、医院等机构找到工作,即使要行贿,也需要神父和主教的支持和推荐。一些人采取了中立立场。在布道期间虐待妇女不是问题;他们以自我为中心。少数人强烈反对神父在周日演讲中的辱骂性语言。他们并不是明确支持艾米丽,而是反对牧师对一名妇女和她死去的丈夫的肆意言论。这样的教区居民只有六人,而且他们的声音很大。

六个月后,艾米丽收到主教的消息,希望在镇上的主教区见到她。库里恩死后,艾米丽一次也没有去过镇上;没有人陪她一起去。她不想请一天假,也不想让托马·昆吉和她一起去缺课。一个月后,主教通过教区神父向艾米丽表达了他的不满。他给牧师写了一封信,要求在周日的布道期间宣读。主教在信中坚决表示,未经牧师许可,教区居民不得在教堂内讲话。在讲道期间或之后与神父争论或提出反问是不可接受的,如果有人胆敢这样做,那个人可能会面临被逐出教会的危险。主教的信息是对信徒的坚定而严厉的警告。他很方便地对教区牧师在周日演讲期间辱骂艾米丽的轻罪保持沉默。

主教的信给了牧师新的活力,让他可以虐待任何人,即使是在周日礼拜期间。他为自己的自由和权力感到高兴,并渴望有机会在艾米丽身上测试一下。他知道没有多少人公开支持这位寡妇,因为担心流言蜚语。神父多次排练演讲,主要是在浴室里。艾米丽的脸反复出现在他面前,隐含着对她容貌的欣赏,个人的勇气充满了他的心。他有意识地对她发起性幻想,拥抱、做爱。但他常常因未能满足自己的愿望而感到沮丧,而艾米丽仍然是他精神虐待的目标。牧师心中酝酿的情欲淹没了他,使他陷入痛苦、沮丧和仇恨的地狱。每次他走近讲坛时,他的眼睛都会在会众中寻找艾米丽。

艾米莉已经好几个星期没有去教堂了。她的反对意见是听信仇恨贩子的言论。那天是周日,是库里恩逝世两周年纪念日,艾米丽想去教堂;和往常一样,教堂里挤满了信徒。艾米丽是唯一一个没有遮住头的女性。她的决定是基于拒绝强加的价值观、对保罗教义的反抗以及强迫妇女成为男人的奴隶。这也是对教会、主教和神父的反抗,他们鼓吹压迫妇女并将她们用作性对象。

读经二来自约翰福音:"我是世界的光。跟随我的人,就不在黑暗里行走,必要得着生命的光。"然后神父根据保罗书信的一读开始讲道,忽略了福音:"你的身体不是为了淫乱,而是为了主,主也是为了身体。"

牧师停顿了一分钟,看着会众,探究着特定的面孔。他看到艾米丽坐在中间一排;她认真地听着他的话。然后他读了保罗的另一句话:"凡与妓女结合的人就与她的身体合而为一。"艾米丽认为这段经文在特定的背景下是无关紧要的,因为福音读物是关于耶稣作为光并在他的光中跟随他。而布道是关于卖淫的。

沉默了很长一段时间,神父再次看向艾米丽。然后他大声说道:"我们拒绝与妓女在一起。"信徒们一愣,面面相觑。

"你的身体是圣灵的殿。用你的身体荣耀上帝,"他看着教区居民,验证他们脸上的情绪变化。"我亲爱的人们,我们中间有一位维夏。她是我们教区的一个污点。维夏不应该和我们在一起。"传教士强调了马拉雅拉姆语中"veshya"一词的意思是妓女。

"我命令维夏离开教堂,"神父看着艾米丽,怒吼道。

艾米丽感到身体一阵颤抖。牧师指责艾米丽性侵犯,并在周日弥撒期间在教堂内的教区居民面前羞辱她。

"我不是维夏;""你这是在诬告我。"艾米丽从座位上站起来,咆哮道。她的声音在教堂的墙内回响,会众难以置信地看着她。

然后艾米丽走出了教堂。她没有哭,但心却在撕裂。在教堂前的巨大十字架前,艾米丽像一座孤独的史前巨石阵一样,注视着受害者赤裸的尸体一分钟。

"只有你和我不在教堂里。"她低声说道。

耶稣保持沉默。

"为什么我们要在里面,在仇恨和羞辱的地狱里?"她问被钉在十字架上的救世主。

"艾米丽,最好还是待在这里,挂着。"她听到的声音仿佛是耶稣在邀请她。

"最好是和你在一起,拥抱你,"她走开时说道。

路上空无一人。

托马·昆吉正准备去教堂参加教义问答和天主教儿童的信仰形成课程。在教理问答课上,主要课程是新约、三位一体的故事、耶稣的诞生和死亡、教会、信经、祈祷、圣礼和道德。牧师在教义问答课上拥有最终决定权。

"妈妈怎么这么早就回来了?"他想知道。

"妈妈,你怎么了?你身体不好吗?"他问。

"没什么。"她说完就走了进去。

艾米丽变了一个人。她对生活失去了兴趣。她请了两周的假，这很不寻常。看起来她似乎在试图解开一个无解的谜语，因为在几乎所有教区居民都在场的布道中，她无法消化教堂内的侮辱。传教士称她为"veshya"，这是所有语言中最可耻的词，是人格诽谤，是一个残酷的笑话。神父质疑一位寡妇、一位母亲和一位教会成员的人格、行为和尊严。艾米丽想一起哭好几天；因为哭泣可以帮助她，可以洗去神父所表达的仇恨，这是一个像火山一样爆发悲伤和伤害的机会。她多次试图哭泣、大喊大叫，渴望告诉牧师他的所作所为是错误的，违背了耶稣一生所表达的精神。

低自尊压迫着艾米丽，带来了被拒绝的感觉，好像没有人想要她一样。那是一种毫无价值的感觉，就像一只流浪狗在街角徘徊寻求怜悯。她的思绪像个流浪汉一样漫无目的地游走，人生没有目标，漫无目的的穿越。她经常想吐，吃不下、喝不下；厌恶和痛苦吞噬了她的内心。她睁大眼睛，探寻可怕的情况，仿佛要把它们压碎，彻底扔进深不可测的峡谷，她看着虚空。

这对她来说是一种侮辱，滥用了她的存在、人格、感情、欲望、希望、家庭和生活。那次侮辱所产生的焦虑伤害了她的思想和心灵。她甚至拒绝与托马·昆吉交谈，托马·昆吉恳求她告诉他发生在她身上的事情。托马·昆吉拥抱了他的妈妈，告诉她他爱她，关心她，只为她而活。艾米丽沉默地看着儿子良久。但她看上去一片茫然。

"周一，我不能再继续下去了，"她说。

"告诉我你发生了什么事？"他问。

"牧师在布道时侮辱了我，"她回答道。

"妈妈，我和你在一起；我会请他道歉。"他试图安慰她。

"他在全体会众面前称我为维夏。它摧毁了我的自尊，我作为一个人的尊严，"艾米丽说。

"妈妈，我会质问牧师并迫使他道歉。他必须来我们家拜访您并请求您的原谅。我再看看吧；他会做到的，"托马·昆吉说。

"我不想看到他的脸，"她回答道。

"然后我会请他在周日向会众表达他的遗憾，"他坚持说。

托马·昆吉跑向教堂。

夕阳下，神父和另一名神父一起轻快地走在住所附近的地上。托马·昆杰鼓足勇气告诉神父，在周日布道期间侮辱他的母亲是错误的，他应该在周日礼拜期间向会众表达他的遗憾。牧师嘲笑他，并告诉他他的母亲是维夏，因为托马·昆吉是在她与库里恩结婚之前出生的。托马·昆吉（Thoma Kunj）告诉他，他所说的话是对女性的辱骂和人格侮辱。在教区居民面前阅读他母亲的历史与他无关。此外，他的母亲还告诉过他他出生的事情。神父愤怒地提醒托马·昆吉，他是从罪孽中诞生的。托马·昆吉（Thoma Kunj）看了神父一分钟,请他读一下有关耶稣诞生的福音书,因为他出生时也没有父亲;玛丽是单身。听到托马·昆吉的话,神父勃然大怒,对他大喊大叫,并告诉他耶稣的诞生是一个谜,是上帝赐予人类的礼物。耶稣是神的儿子,是通过圣灵而生的。玛利亚在耶稣诞生之前和之后都保持着童贞。

"这是你的信念,不是我的,"托马·昆吉回答道。

"*Poda patti*,"牧师对托马·昆吉喊道。

托马·库尼是一个诅咒,上帝会因为不可饶恕的亵渎而惩罚他,神父继续尖叫。

托马·昆吉跑向乔治·穆肯,告诉他他母亲的遭遇以及他与牧师的对峙。乔治·穆肯说,他和帕瓦西上周日没有去教堂,因为两人都在班加罗尔,带着女儿阿努帕玛。

乔治·穆肯立即会见了牧师,告诉他他的行为是错误的,他需要道歉。他向神父重述登山宝训,向耶稣学习。牧师嘲笑乔治·穆肯,并告诉他管好自己的事。穆肯提醒神职人员,爱和同情心是基督徒生活的核心价值观,但他缺乏这些。

帕瓦西和乔治·穆肯去看艾米丽。帕瓦西拥抱了她的朋友,告诉她她和女儿一起离开了一个星期,并不知道艾米丽的磨难。她向艾米丽保证,她会和她在一起并支持她,因为她认为艾米丽是她最好的朋友。

帕瓦西每天都会去看望艾米丽，并花很长时间陪伴她，为她提供情感和心理上的支持和照顾。帕瓦西注意到艾米丽的活动中始终存在社交退缩。她不愿与他人交谈，也不敢分享自己的担忧。

托马·昆吉（Thoma Kunj）观察到艾米丽除了对管理个人卫生和外表不感兴趣之外，还持续存在情绪变化。他母亲一反常态的鲁莽行为、不良饮食习惯、体重迅速下降以及长时间的沉默让他感到担忧。他母亲的情绪迅速变化，悲伤、焦虑、愤怒和自怜的迹象非常明显。她的样子很可怜，眼睑大幅度下垂，肌肉松弛，头低垂，嘴唇低垂，脸颊和下巴下沉，胸部收缩。

艾米丽的嘴角低垂着，一连好几天都一动不动、消极被动。托马·昆吉与帕瓦西讨论了这个问题，她建议艾米丽可能需要心理治疗来恢复原来的自我，克服深深的侮辱感。征得托马·昆吉同意后，帕瓦西想带艾米丽去班加罗尔接受一个月的心理治疗。

艾米莉安静了很多天，忙着剥椰子。托马·昆吉想知道为什么他的母亲异常沉默。他意识到她体内有什么东西在燃烧，但他无法理解这座火山的巨大程度。托马·昆吉坐在他母亲身边，哄着她说话。艾米丽看着他，她的眼睛有些干涩。它们失去了亮度、光泽、光芒和乳白色。

帕瓦西安排下周日和艾米丽一起去班加罗尔。她联系了咨询中心的一组心理治疗师，帮助艾米丽恢复平时的冷静和个性；从而，她可以集中精力并增强面对和消除情感、心理和社会问题的意志力。目标是增强心智并扩大她的意识，使艾米丽能够充分发挥她的心理潜力，带来情感满足和社会福祉。帕瓦西在整个治疗过程中都会陪在艾米丽身边，直到她完全从问题中恢复过来。

一大早就下雨了。像往常一样，教堂司事在六点钟敲响钟声，为周日的礼拜做准备。钟楼位于教堂的右侧。他看到十字架上挂着一块长长的白布。他认为尖塔上的一块白色窗帘布可能会被风吹落。黎明的缝隙里还披着黑斑，他走到十字架脚下，抬起头来。

"天啊，"他喘着气说。

这是一个挂在十字架上的女人，拥抱着赤身裸体的耶稣。她的白色纱丽已经脱落，上衣被撕破，肩膀裸露在外，几乎赤身裸体。

教堂司事跑到钟楼，不停地敲响钟声。第一个到达那里的是附近修道院的修女。附近的人跑到教堂看发生了什么事，不到十分钟，就聚集了一大群人。然后牧师出现了。

有人跑向派出所，还有人用手机报警。

一时间，人群中陷入了深深的沉默。没有人相信自己的眼睛。然后渐渐地，窃窃私语、闲聊和大声说话开始了。人们很想知道这个人是谁，她的名字。

很快，警车就出现了，警灯闪烁。警官指示他的警员将尸体从十字架上放下来。警察利用梯子爬了上去。托马·昆吉焦急地看着他们，因为他起床后找不到妈妈。他满屋子找她。他一边跑向教堂，一边在路上寻找她。十字架上的纱丽看起来像他母亲的。帕瓦西站在托马·昆吉旁边，用双臂搂住他。

警察将尸体放下来，放在放置十字架的平台上。

"是艾米丽，"人群中有人喊道。

"艾米丽，艾米丽，艾米丽"这个名字像野火一样传开。

托马·昆杰倒下了。乔治·莫肯抱起他，把他放进自己的车里。

尸检后，尸体于第三天被运回。由于托马·昆吉只有十四岁，乔治·穆肯在验尸官办公室和警察局签署了文件。牧师拒绝在墓地为死者分配坟墓，并援引规则手册规定，自杀者的尸体不能埋在圣地。

"她是一个罪人；她自杀了，罪孽加倍。"牧师对乔治·莫肯说道。

乔治·莫肯恳求神父怜悯一位已经去世的寡妇。牧师邀请他到自己的房间见面，穆肯明白了他话里的意思。他回到家，拿了五捆千卢比的钞票，在自己的房间里见到了神父。晚上六点前，牧师

瓦尔盖斯 v 德瓦西亚

允许乔治·穆肯将艾米丽埋葬在 Themmadi Kuzhi 墓地的一角，那里埋葬着罪人。

托马·昆吉（Thoma Kunj）、帕瓦蒂（Parvathi）、乔治·穆肯（George Mooken）和一些农场工人出席了葬礼。没有为死者祈祷。教堂司事主持了葬礼。尸体装在一个黑色的棺材里。亲吻了母亲的额头后，托马·昆吉用黑布盖住了母亲的身体。帕瓦西将一束玫瑰、百合和茉莉花放在黑色布料上，默默哭泣。

托马·昆吉拒绝哭泣，但他保持沉默。帕瓦西和乔治·穆肯要求他睡在他们的房子里。帕瓦西准备收养他作为她的儿子。然而，Thoma Kunj 坚持回家，独自生活，并在家做饭。第二天，他把艾米丽多年来收集的所有耶稣圣心、圣母玛利亚、所有圣徒的照片、念珠和不同大小和形状的十字架捆绑在一起，并在他的庭院里烧毁。他捡起塑料袋里的灰，扔进猪圈旁边的尿坑里。

托马·昆吉（Thoma Kunj）十四岁时成为孤儿。他的父亲三年前去世了，但他的母亲却像什么事都没有发生过一样关心他、爱他。库里安是一位慈爱的父亲；Thoma Kunj 一直很喜欢他的陪伴。库里恩去世后，艾米丽遇到了经济问题。她在学校做清洁工的工资不足以养家糊口。乔治·穆肯（George Mooken）和帕瓦西（Parvathy）因库里恩（Kurien）去世而支付的赔偿金以托马·昆吉（Thoma Kunj）的名义存入银行，供他学习。

当库里恩还活着的时候，艾米丽对儿子每天的出现感到很高兴。库里恩（Kurien）称他为托马（Thoma），艾米丽（Emily）则称他为昆吉·蒙（Kunj Mon）。在学校里，他是托马斯·艾米丽·库里恩。她和他一起玩耍，和他跳舞，唱歌，给他讲以前的故事，直到他十二岁为止，她把一切都保密。

他的小学距离他大约步行五分钟；托马·昆吉（Thoma Kunj）有足够的信心独自前往。她教他马拉雅拉姆语和英语字母，他毫不费力地学会了这两种语言。

艾米丽注意到她的儿子小时候很健谈。头四年他在学校里有很多朋友。他和他们一起玩耍并庆祝他们的童年。托马·昆吉给他们讲了妈妈在睡前讲的故事。他总是和一群朋友在一起；他们一起散步、玩耍、学习和吃饭。

然后他的朋友们开始议论他，这让他很痛苦。他逐渐开始远离学生、老师和其他说他坏话的人。他告诉妈妈在学校发生的一切，妈妈安慰他并让他忘记一切，因为他们嫉妒了。

"戴上眼镜才能看到美好的事物。"妈妈曾经说过。

托马·库尼（Thoma Kunj）戴着一副精神眼镜，遮住眼睛只看到美好的事物；他忘记说任何人的坏话，拒绝伤害任何人或为自己辩护。妈妈去世后，托马·昆杰变得毫无抵抗力。

在走向绞刑架的路上，狱卒给托马·昆吉戴上了面具。那是一张黑色的面具，漆黑如夜。他双目失明，走向绞刑架，却不知道自独立以来，这个国家已经绞死了七百五十二名死刑犯。再多几十个可能不会影响汉谟拉比和边沁的孩子们的意识。政治精英和官僚需要套索来吓唬那些没有发言权的人、文盲和被拒绝的人。托马·昆杰脖子上的环保护了这位年轻的教育部长。

突然间，他来到了绞刑架前，托马·昆吉感觉到一小群人，其中包括地区治安官、研究人员和监狱工作人员。他看不到他们，因为他不被允许看到他们，被禁止带着绞索去绞刑架。妈妈看不到任何人，因为她在下葬前被一块黑布盖住了。当托马·昆吉（Thoma Kunj）入狱十一年后被送上绞刑架时，她已经在坟墓里呆了二十二年了。

绞刑架

绞刑架像两棵无头棕榈树一样矗立着,由一根横杆连接起来。托马·昆吉感觉到它离我们很近,在一片漆黑中,他能分辨出它悬挂的位置、它有多大,以及他将如何站在它的柱子中间,将绞索套在他的脖子上。这是一种仪式,就像阿迪尔的割礼、拉扎克的阉割、政府妇女宿舍里强奸未成年女孩或耶稣被钉十字架一样。

绞刑架否定了自由,托马·昆吉无法摆脱非自由,因为这是不可避免的。断头台上不存在任何出口,就像出生时的自决、死亡的逃避以及出生和死亡之间数百万其他事件的自主权一样。生活发生在一个决定论的巨大轮子中,就像在广阔的操场上进行的一场足球比赛一样,人们没有自由去打破规则。违反规则的人被踢出界外。

监禁是自由的对立面。人们别无选择。被囚禁就像是对失去童贞的焦虑。强奸中没有自由,也没有从死亡中解脱出来。

死亡是最终的失败。托马·昆吉无法抗拒死亡;丧亲之痛将是最后的胜利者。监禁就像一个人人格的阴影——有害、危险、反复出现并且使人衰弱。

瓦尔盖斯 V 德瓦西亚

甚至马拉巴尔的季风也不是免费的。它不能随心所欲地来去。雷电交加，雨水泛滥，大地似乎在庆祝它的决定自由。

连绞刑架都没有自由。

自由是一个神话；他的父母为了乐趣而创造了Thoma Kunj。他的亲生父亲并没有问他什么时候决定堕胎的。他的母亲没有自由去救他；她不知道如何保护他，也不知道该去哪里分娩。库里恩（Kurien）将她带到了他姨妈家，玛丽雅姆（Mariam）没有拒绝艾米丽（Emily）的自由，因为护士的工作是不能放弃的。她热爱人类。对于Thoma Kunj 来说，生活是一则寓言。卡纳塔克邦警方在没有征得库里恩同意的情况下殴打他，然后像野猪一样暴力地杀死了他。托马·昆吉（Thoma Kunj）失去了父亲，尽管他不是他的父亲，但父亲像爱儿子一样爱他。拉扎克希望 Thoma Kunj 在波纳尼与他共度一生，但 Thoma Kunj 没有自由前往波纳尼并拒绝绞刑架。拉扎克想要一个儿子，但阿基姆为了保护他在马什拉比亚的胡里斯而阉割了他。穆斯林拉扎克（Razak）抛弃了安拉，希望收养天主教徒托马斯·昆吉（Thoma Kunj），他拒绝腐败的教会，烧毁了他的上帝的肖像，并将骨灰埋在猪的尿坑中。

艾米丽没有征求托马·昆吉的同意，就将自己吊死在十字架上，拥抱赤身裸体的耶稣；艾米丽别无选择，只能悬吊着自己。牧师强迫她这样做，称她为妓女。但她可以独立选择十字架或树枝。

托马·昆吉（Thoma Kunj）因为称母亲为妓女而打了阿普的脸，因此不得不中断学业。阿普可能从他的朋友那里听说，教区牧师在周日的家常活动中称艾米丽为维夏。牧师被保证在布道期间他有完全的自由去戳任何人。托马·昆吉被学校开除后，无法去另一所学校。艾米丽去世后，他不得不工作谋生，尽管乔治·穆肯和帕瓦西准备收养他作为他们的儿子。但托马·昆吉选择不依赖任何人，因为他没有内在的自由来接受他们的邀请。他更喜欢猪圈，因为他喜欢父亲 Kurien 每天晚上带回家的气味，而 Thoma Kunj 喜欢 Kurien 的小猪气味，他称其为爸爸。

库里恩和艾米丽去世后，托马·昆吉决定过孤独的生活，他的特权就是在乔治·穆肯的养猪场阉割猪。托马·昆吉没有自由向乔治·穆肯说不，拒绝去宿舍修理泄漏的管道。乔治·莫肯没有空间对宿舍典狱长说不，而宿舍典狱长也没有自由告诉司法部，她不会把他的儿子从强奸和谋杀指控中拯救出来，因为他是一个有权势的人，可以对她做出不利的决定。他的儿子是一位年轻人，有一天会成为一名成功的政治家和该州的部长。宿舍管理员困住了 Thoma Kunj；省议员很高兴，他的儿子也很高兴，尽管他们都背负着内疚的重担。十年之内，儿子成为一名牧师，访问女子学校和大学，建议学生保护自己免受性侵犯。

托马·昆吉没有自卫的自由，因为他认为自卫对于过上和平的生活并不重要。他觉得每个人都需要保护社会上的每个人，必须有人承担强奸和杀害未成年女孩的罪行。托马·昆吉沉默了，因为他知道自己没有犯罪。就像一只被指控吃掉小虎崽的兔子一样，他被指控强奸一名未成年女孩并谋杀她，但他不知道鬣狗已经吃掉了小虎崽。托马·昆吉像艾米丽、拉扎克和乔治·穆肯屠宰场里的猪一样保持沉默。虽然他从来没有砍过猪，但他能感受到猪的痛苦、悲伤和泪水，有时，他也想自杀来拯救猪。他阉割了猪，并为此感到抱歉，每次阉割前，他都像刽子手请求死刑犯的宽恕一样请求猪的赦免。托马·昆吉（Thoma Kunj）在阉割猪时保持沉默，但阿迪尔（Adil）在阿基姆（Akeem）阉割拉扎克（Razak）时大声哭泣。当阿基姆一手拿着埃及人的头，另一只手拿着剑寻找拉扎克时，马什拉比亚的妃子们哭了起来。那些后宫妇女为拉扎克哭泣，而不是为她们的妾。

阿基姆没有自由，因为他必须管理他的后宫。他成为性快感的奴隶，需要在后宫维持他的法律。拉扎克的帕达雄为一位天堂里的忠实信徒创造了七十二岁的胡里斯，作为与敌人战斗并砍下他们头颅的奖励。胡里斯履行了胡达的诺言，为性饥渴的忠实信徒带来希望和勇气，激励他们在夜色中袭击分散在沙漠绿洲各处的一整夜与上帝摔跤的人的孩子们的小社区。如果剑斗士在沉睡的人们从未预料到的快速小冲突中死去，他们将在天堂得到小时作为报答。七十二个小时对于自己失去的生命来说是一个迷人的补偿。如果他们成功了，寡妇和掠夺的财富将成为他们的战利品，而当他们到达天堂时，小时侯就会成为他们的战利品。

仁慈的上帝从来没有考虑过女人的自由，因为无助的妇女在人间被注定为妾，而在天堂则被注定为女人。

托马·昆吉（Thoma Kunj）在监狱十一年里并不担心自己受到的束缚；他接受了这一说法，因为有人因强奸和谋杀未成年女孩而必须接受监禁并可能被处决。他想到了绞刑架，但没有机会看到它们。绞刑架上不会给一个注定的囚犯做任何工作。但托马·昆吉（Thoma Kunj）曾经无意中听到终身囚犯将绞刑架描述为一根巨大的死亡横梁，连接在两根巨大的高架直立杆上。断头台没有权力绞死一名死刑犯。它的职责，就像小时的职责一样，为天堂里的忠实信徒提供性快感。

自监狱成立以来，就使用了柚木制成的脚手架，上面挂着几十个人。在印度自由的最初几年，绞刑是消灭罪犯最直接的手段。这是一场免费的游戏。低收入家庭从特拉凡科迁移到马拉巴尔，寻找土地来耕种、消除饥饿和贫困、教育子女以及建立学校、教堂、医院和社区中心，这与自然和人类产生了无休止的冲突。死刑增加，绞刑变得普遍，许多无辜者在绞刑架上丧生。没有人在那里写他们的故事，也没有人对死人感兴趣。柚木绞架和瓦拉帕塔南桥一样坚固，绑在死刑犯脖子

瓦尔盖斯 v 德瓦西亚

上的绞索是专门从印度的曼彻斯特哥印拜陀订购的。几年前，一家以质量著称的钢厂建造了一座钢框架结构。绞刑架保护的是富人和有权势的人、政客、法官和牧师、牧师、学者、毛维斯和商人。

在英国时代，对于罪犯是毫不留情的。来自苏格兰、威尔士、英格兰和爱尔兰的数百名半受过教育的恶棍加入了英国的行政部门，特别是警察和监狱，鼓励对违法行为进行无情镇压。他们希望有一个强大的大英帝国在严冬中温暖他们的壁炉。每次挂牌都推动东印度公司股价顺利攀升。对于英国人来说，刑事司法系统的核心理念包括威慑和报复。了解盎格鲁-撒克逊法律体系的律师和法官很快成为汉谟拉比和杰里米·边沁的弟子，对绞刑表现出非凡的兴趣。自孟加拉东印度公司税务员南达库玛王公被处决以来，已有数千人被绞死。自由印度很高兴地追随英国的暴行。拉沙·拉古拉吉·辛格（Rasha Raghuraj Singh）于9月9日（即该国获得独立的那一年）在贾巴尔普尔中央监狱被处决，他是自由印度第一个被绞死的人。

托马·昆吉走到绞刑架前，绞刑架就像圣所一样，绞索是它的神，被保护在一英亩土地中央的高墙内，在一百英亩的看守监狱内铺着花岗岩。刽子手是它的牧师，监狱工作人员是礼拜者，地方法官是唱诗班的唱诗班歌手，拉拉队员是人类行为的心理学家和社会学家。

遮住头部和脸部的黑色面具给整个世界增添了黑暗，托马·昆吉可以想象横梁上挂着的绞索，坚固，呈椭圆形，能够承受死刑犯的重量。同一水平梁上的两个环可容纳两名已定罪的囚犯，大大减少了监狱当局的工作量。绞死一名重罪犯需要花费数月、有时甚至数年的准备时间，因为向高等法院、最高法院和总统提出上诉花了很多年时间并推迟了死刑。即使最终上诉被驳回，也要进行数月的准备工作，而且找到刽子手也是一件繁重的事情。

绞刑架是人类发明的用来压制人类精神的最强大的工具。它具有夺走生命的力量，是一种将人从横杆上的陷阱吊死的工具。多个网罗同时启动对于司法部门、政府和监狱工作人员来说是一件幸事。政府动用了巨额资金来绞死一名罪犯，至少比总要求多十倍，让罪犯终生在监狱里。

在监狱里，重罪犯可以工作、谋生、养家糊口，为国家的发展而奋斗。

但自杀则不同。这是一个人的选择，艾米丽选择了她的死亡。

艾米莉死在十字架上。

死在十字架上具有宗教荣耀和精神承诺。但受害者必须被绞死，就像拿撒勒人耶稣一样。艾米丽上吊自杀，失去了荣耀和承诺。牧师拒绝将她埋葬在墓地，乔治·穆肯贿赂牧师换取了一片泥土。牧师将其分配在 Themmadi Kuzhi，即罪人角落，艾米丽被埋葬时用黑布覆盖，因为她无权用白床单覆盖。那些盖着白床单的人会直接去天堂，而那些盖着黑床单的人会去炼狱接受净化，或者进入永火地狱。犹太人和基督徒的上帝耶和华喜爱白色，安拉的仆人也穿着白色的长袍。两人都不喜欢黑色，即路西法或伊布利斯的颜色。亚伯拉罕的儿子们珍视白色，即天使、马拉克和胡里斯的颜色。

艾米丽的尸体盖着黑布，被安葬在罪人角的墓地里。

艾米丽出生时并不是罪人，她是一对来自蒂鲁瓦拉的教师夫妇的独生子，他们在亚的斯亚贝巴教英语和数学。伊丽莎白和雅各布不喜欢生孩子，但当伊丽莎白三十八岁时，她怀孕了，并到达雷切尔位于蒂鲁瓦拉的家中分娩。孩子出生后一天，伊丽莎白就回到埃塞俄比亚与丈夫在一起，甚至没有要求母亲抚养新生儿。雷切尔知道伊丽莎白遗弃了她的孩子，并且不会回来看望孩子。

她的祖母抚养艾米丽长大，从第一天起就教她说女王英语。当艾米丽四岁时，雷切尔教她用马拉雅拉姆语和英语写字母。艾米丽称她为"妈妈"。

多年来，雷切尔在伯明翰担任外科医生，患有轻度精神病偏执症，每天与丈夫大卫发生冲突，他们是在韦洛尔医学院学习时认识的。英国的一位精神科医生大卫博士在结婚十年后与雷切尔离婚，并与一位失败的模特和演员白人女性玛格丽特结婚。她定期去看望大卫接受精神治疗。

雷切尔带着她唯一的女儿伊丽莎白搬到了伦敦并继续她的练习，在她的秘密自我中对她的前夫和他的新婚妻子怀有卑鄙的仇恨。她害怕黑暗，认为离婚的丈夫和妻子会在漆黑的夜晚勒死她。雷切尔晚上从来不关灯。幻觉压倒了她的思想，她与大卫、玛格丽特和其他想象中的敌人摔跤。

在伦敦，雷切尔从她的实践中赚了很多钱，并在六十五岁时搬到了蒂鲁瓦拉。一年之内，伊丽莎白出生，艾米丽出生。

艾米丽是一个孤独的幼儿，也是一个孤独的孩子。

她是听着奶奶的喊叫声和嚎叫声长大的，尤其是在日落之后。妈妈每晚都与她离婚的丈夫大卫医生和他的英国妻子玛格丽特争吵，因为她经常看到他在诊所拥抱他的客户，以为自己还在伯明翰。

有时，雷切尔在旅行中会对陌生人表现出攻击性，尤其是在酒店和度假村中。她不喜欢演员和模特，认为他们都爱大卫。她的反应很冲动，几天来她一直保持冷漠，忘记了艾米丽和她在一起。奶奶有时会表现出反社会行为，艾米丽感到极度恐惧。雷切尔讨厌穿着时髦衣服、戴着珠宝的上流社会女性。但雷切尔没有咨询艾米丽就给她买了昂贵的衣服和钻石。每天，雷切尔都好斗地攻击她放在卧室里的大卫博士和他妻子的巨型橡胶娃娃。踢了他们的脸后，她像摔跤手一样坐在他们的胸口上，反复殴打他们。

"大卫，我恨你，"她尖叫道。

"我恨你，大卫。你嫁给了那个贱人。我永远不会原谅你。"尖叫声越来越大。

"是你需要精神治疗，你这个该死的傻瓜，"咒骂声继续说道。

艾米丽有自己的卧室，在喧闹和叫喊声中，艾米丽躲在枕头下，吓得浑身发抖。艾米丽好奇地看着祖母检查了锁着的门六次，尤其是在晚上。她半夜起床，检查中央门锁是否完好。每隔几个小时，她体内就会出现强烈的、非理性的、持续的恐惧和愤怒的感觉，使她对虚构的批评产生争论和防御。艾米莉经常呆在她的房间里，不出现在她妈妈面前。

雷切尔从未原谅她的前夫和他的演员妻子。

白天，雷切尔很健谈，让艾米丽大声朗读故事书中的一段话。奶奶鼓励艾米丽清晰地读书并纠正她的发音。

蕾切尔打扮成精英家庭的女人，一丝不苟地追随伦敦最新的时尚潮流，做西餐，举止像英国贵族，说着女王英语。她开着自己的车，和艾米丽一起去了科钦、阿拉普扎、科塔亚姆、蒙纳、特里凡得琅和科尼亚库马里，住了最好的酒店。

五岁时，艾米丽被送到科代卡纳尔的一所女子寄宿学校，她不喜欢那里的氛围。她没有朋友，因为她害怕与其他学生交谈。艾米莉不知道该接受谁，因为她独自长大，没有兄弟姐妹和父母。艾米丽和一位年长的女性一起长大，她患有偏执、精神分裂和精神失衡。尽管她的老师表现得充满爱心和关怀，艾米丽却与他们保持着距离。她的祖母每个月都会在圣诞节前夕和仲夏假期来学校。她复杂的行为一直是学校老师们的话题，雷切尔的来访一直持续到艾米丽完成入学考试。

艾米丽学习成绩很好。尽管她很孤独，但她是一位引人注目的演讲者，并参加了校际和校内的比赛。每年，艾米丽都会和同学一起游学，参观印度、尼泊尔、不丹和斯里兰卡的重要旅游景点，但不与任何人打交道。

她九岁时第一次见到了父母，那是在圣诞节假期期间，她和奶奶在蒂鲁瓦拉（Thiruvalla）呆在一起。一天下午，艾米丽看到两个陌生人，一男一女，在他们家门前下了一辆出租车。艾米丽很惊讶，因为他们的表现就像一对新婚夫妇。雷切尔对他们相对冷漠。他们没有和艾米丽说话，也没有对她表现出任何兴趣，就好像她从未存在过一样，艾米丽也不知道他们是谁。

"艾米丽，见见你的父母，来自埃塞俄比亚的混蛋，"雷切尔在客厅里喊道。

一阵长时间的沉默。

"你们想抢我的财产，却是从我的尸体上得到的。"奶奶在客厅里吼道。

半小时后，伊丽莎白和雅各布就离开了。

"去地狱吧，永远不要回来。我已经七十五岁了。让我安静一下，"他们出去时雷切尔咆哮道。

整个晚上，妈妈一直在喊叫。她很激动。她踢了大卫和玛格丽特的玩偶。空气中充满了尖叫声和咒骂声，淹没了颂歌。

艾米丽是一个孤独的孩子。她在附近没有朋友。

到了青春期，她的孤独感更加强烈。突然脸上长出了一大堆痘痘。当她十二岁时，月经开始了。艾米丽不知道这一点，也没有人可以说话。伴随着她体内发生了可怕的事情的感觉，反复出现的痛苦感觉摧毁了她的情绪和安慰。她的睡衣被血浸湿了，她无法接受，因为她不知道为什么会发生这种事，她会发生什么，也不知道该把睡衣扔到哪里。她在餐厅和教室里躲避其他学生，害怕站在大会或教室里。她的月经持续了六天，这让她的情绪得到了缓解。羞耻感充斥着她的脑海，伴随着下腹部的疼痛。恶心、痉挛和浮肿的感觉让她焦躁不安，尤其是她的乳房。乳头有灼烧感，她反复按压。艾米丽感到疲倦、虚弱、行动迟缓。

情绪变化让艾米丽生气又失落；焦虑不断地压迫着她，仿佛她正在穿越一条隧道，没有尽头，或者说另一边没有出口。她发现自己站在一座山峰上,却没有办法爬下来;悬崖太陡而且危险。艾米丽很生气,她在心里对老师、对父母、对奶奶、对整个世界大喊大叫。

下一次月经是四个月后。艾米丽和她的奶奶待在家里,她的奶奶很难接近,因为她连续几天咒骂大卫和玛格丽特。艾米丽从未有机会与妈妈谈论生理和情感上的变化。第三天,早餐后,雷切尔看到餐厅地板上有血迹,艾米丽有生以来第一次,奶奶关心地拥抱了她,告诉她她已经成为一个女人了。奶奶用最直白的语言向艾米丽讲解了月经的奥秘、月经的规律、保持身体清洁的必要性、卫生巾的使用方法以及应对的情感和心理准备。

接下来的几个星期,奶奶每天都向艾米丽解释卵巢中正在发育的卵子、未受精卵子的排斥、男性睾丸中形成的精子、女性和男性之间的性交、其生物和心理暗流,人类对性关系的实现,以及如何避免意外怀孕。雷切尔认为女孩和男孩之间的性行为不是罪孽;它丝毫没有削弱人类生命的尊严,反而增强了它。性融洽具有特定的社会心理影响以及个人和社会影响。尽管婚前性行为没有任何问题,但奶奶明确告诉艾米丽如何避免意外怀孕,阻止男孩进行掠夺性性行为。对于妈妈来说,性是一种自然的生物现象,与一个人的情感和心理需求以及成长密切相关。艾米丽在与男性发生性关系时需要谨慎。

"宗教和上帝与性无关。宗教是一种社会建构，而上帝是一个神话；他们不能干涉人类事务。把他们两个都扔掉。性纯粹是生物性的，会产生心理、情感和社会后果，你应该对自己的身体、思想和未来负责。与男性打交道要明智。"奶奶看着艾米丽说道。

"妈妈，我会按照你说的去做，"艾米丽回答道。

"我不会强迫你，艾米丽；你要为你的行为负责，"雷切尔说。

我明白了，妈妈。"

"如果没有上帝，人类就要为自己的行为负责，"雷切尔说。

奶奶第一次谈论性和上帝。艾米丽感谢她让她理解了生物学上的女性身份和脱离上帝的自由的意义。

艾米丽（Emily）完成第十届课程后，在特里凡得琅的一所学校参加了两年制高中；她十五岁。这所学校同时招收男孩和女孩，也是艾米丽第一次与男孩交往的机会，但她不愿意与他们建立友谊。她从来没有机会和男孩说话。在奶奶家里，艾米丽感到孤独，因为她从来没有遇到过附近的男孩。她的寄宿学校是女子学校，所有教师和行政人员都是女性。虽然她对男孩子很好奇，但她从来没有和他们交往过的经历。艾米丽梦见看到一个男孩的赤裸身体；她想看看阴茎，触摸它，感受它，了解它的行为方式，因为她从未见过它。艾米丽思考了好几个星期，并产生了玩弄男朋友的生殖器的妄想。

她反复产生痛苦的感觉，并认为自己小时候的社交和情感需求没有得到满足。她为远离男孩而感到孤独而感到难过。没有男孩子陪着她触摸和爱抚让她感到难过，因为班里的男孩子对她来说很陌生，但他们看起来英俊而有活力。但被男孩跟踪的幻想让她感到害怕，她总是因为自己的性冲动而感到压力，彻夜难眠地想着有男性伴侣。抑郁和焦虑压迫着她。

在学校里，她无法与其他学生和老师联系，因为她缺少一个最好的朋友可以分享她最深的想法，这帮助她消除自我怀疑和缺乏自我价值。

放假期间，在家里，她大部分时间都在思考男朋友的陪伴。妈妈已经八十多岁了，根本顾不上艾米丽的变化。不断感到空虚，隐藏着渴望有人拥抱她、与她发生性关系、照顾她。她选择了隐居，但又不甘寂寞，希望有一个像朋友一样疼爱她的男人，可以和他一起走遍世界，无话不谈，拥有长久的亲密时刻。

性冲动像雨打在铁皮顶棚屋上一样敲打着她的头。她关上房间，留在里面，感到不自在，独自呆在里面感到难过。她在餐桌上与奶奶无话可说。与拿着叉子和刀子握手的老妇人分享她感到很痛苦。不同的情绪压迫着艾米丽，她爱她的奶奶，又恨她小时候照顾她，因为最好一出生就掐死她。

艾米丽看着奶奶殴打洋娃娃，感到很害怕。当老妇人反复殴打大卫和玛格丽特时，他们可能感到疼痛。

对于艾米丽来说，她的中学虽然挤满了学生，但却空无一人。在演讲比赛中，她以为没有人会听她的演讲，尽管大厅里挤满了观众，他们钦佩她的演讲能力，中肯、有逻辑、令人信服。她开始用说话来排解孤独，并赢得奖品来驱散她的孤独。

在与世隔绝的环境中，艾米丽感到性饥渴。有时，这种冲动是无法控制的，这迫使她思考，思考导致更多的孤独，集中在一个可以缓解她性需求的朋友身上。但她的感受与现实情况无关，因为它们常常像流云一样转瞬即逝，漫无目的、漫无目的，但却以一种她试图逃避的方式与她的生活联系在一起。

她常常嫉妒其他学生，因为他们喜欢和朋友在一起。相比之下，艾米丽没有人可以分享她的情感和欲望，因为她与他人的联盟不够充分。她认为她的处境永远不会结束，因为她会被不受欢迎、不被爱、没有安全感和被抛弃。一种难以言喻的挥之不去的悲伤浮现出来，但那是因为缺少一个爱她的人，她想回报这份爱。这将是一种关爱，对某些亲密的人的需要有深刻的理解。

艾米丽想要归属感，但又害怕归属感。

她的情感集中在满足她内心深处的需求上。她寻找一个能与她同在、与她同在、与她同在、与她一起感受、并创造无尽激情快乐的男人。

艾米丽被父母排除在外，她寻找一个像父亲、情人和男朋友这样的人。她的父母完全是陌生人，她从来没有和他们说过话，她甚至不知道什么是为人父母。这在她的生活中造成了不可逾越的鸿沟，只有男人才能弥合。父亲的概念在她身上塑造了一种空虚，一片无尽的荒野，一片黑暗的海洋，一片爱的空虚。

对于她来说，父亲并不存在。

艾米丽被排除在父亲的照顾之外，她常常感到非常有动力去寻找一个可以接受她的人。

沉默占据了她，恐惧笼罩着她，让她的心神充满了无边无际的空虚和黑暗。有时她会成为默默无闻的化身。没有什么可以思考和期待的，只是对某个人，一个男性的强烈渴望。一切都以没有希望的虚无告终；无处可去，无车可行，无路可通。这就像沙漠中的海市蜃楼，艾米丽无人陪伴。她不喜欢哭，也讨厌悲伤，因为她的生活空虚得像个椰子壳。

当艾米莉完成高中学业后,她进入埃尔讷古勒姆的一所女子学院毕业。她当时十八岁,选择了她最喜欢的科目英语作为学位课程,为期三年。雷切尔八十四岁了,她为艾米丽开设了一个储蓄银行账户,初始存款为二十万卢比,以便她在没有经济负担的情况下完成学业。

艾米丽开始住在旅馆里,每个月去看望妈妈一次,随着年龄的增长,她变得成熟了很多,但仍然像女王一样,喜怒无常,沉默寡言。

在学院里,Emily 是公共演讲论坛的成员,负责邀请嘉宾主持论坛组织的各种活动。在其中一次活动中,她请了一位年轻的律师莫汉,他是一位充满活力的演讲者,可以简洁地将法律和文学融合在一起。很快,艾米丽开始喜欢并欣赏莫汉,参观了他的办公室并进行了长时间的讨论。很快,艾米丽就被提升到了一个充满男性亲近、温暖和气味的新世界,她尊敬它,实现了她从青春期以来的梦想。艾米丽很喜欢莫汉,喜欢他的外表、持续的言辞、渊博的知识、对艾米丽的关心和尊重。许多个夜晚,她坐在他身边,看着他的眼睛,仿佛被他的男性活力、力量和魔力所占据。

周末,艾米丽和莫汉去了高知最好的餐馆,并在彼此的陪伴下度过了很长时间。现金从她的钱包里流出来,她很乐意付钱给莫汉,让他高兴和兴奋。每天晚上,他都会挑选一瓶昂贵的威士忌,并为艾米丽高兴地付钱而感到高兴。艾米丽第一次与男人近距离接触,她喜欢莫汉的一切行为,包括他的长相和气味。她想要拥抱他，让他贴近自己的心。和一个男人在一起，把他搂在怀里，这对艾米丽来说是一件新鲜事。新的团结观念的力量在她内心爆发。

他们定期乘船游览阿拉普扎、昌加纳瑟里和库玛拉孔。对于艾米丽来说，与莫汉共度时光是一种天堂般的经历。

狂喜的情绪让她说不出话来；当她感觉到梦想在她的肚子里跳舞时，她的激情爆发了。

艾米丽喜欢冒险，愿意做任何事来取悦莫汉，对他的反应和外表感到好奇。带着关于同居的新想法，她给他讲了无数的故事，忘记了她的其他优先事项，渴望性，并在精神上享受与莫汉裸体在一起。她的行为和互动中的一系列身体和心理反应迫使她对他产生了上瘾的依赖，并对做爱产生了更强烈的渴望。当她和他在一起的时候，她喜欢被他压垮。

她心中浮现出对莫汉的一种至关重要的关心，她存在的每一刻都充满了用最新的小玩意让他的生活更轻松的愿望，送给他昂贵的物品，可能会让他微笑。她根据他的喜好和厌恶来优先考虑她的决定，她不断地将他带入体内，就像一个新怀孕的女人保护她的受精卵一样。

她多次回忆起第一次在他的办公室见到他，这是一次压倒性的经历，站在他身边，并萌芽了一种坚实的身体和情感上的吸引力和依恋。即使在第一天，她就想看到他的裸体，短暂地怀疑自己是否已经失去了清醒和一致性。

日复一日，艾米丽不断进化，成为一个全新的人，随着身体的变化而感到情绪激动。有时会出现心悸和强迫性思维。她的反应是即时的，但却被紧张所包围，一种穿透性的喜悦与不信任的感觉，因为她经历得如此强烈。情绪和反应是坚实的、快速推进的，导致判断力的丧失和缺乏逻辑结果的疯狂决策。

莫汉独自住在一所俯瞰文巴纳德湖的房子里，一天晚上，他带艾米丽去他家。这是一套一居室的公寓，有一个小客厅和一个小厨房，她很喜欢它，因为她发现它舒适而紧凑，艾米丽单独和一个她钦佩和爱的男人在一起。他们一到达，她就发生了第一次性行为。她喜欢莫汉赤裸的身体，喜欢他拥抱、脱衣服和亲吻她的方式。一切的新鲜感都吸引着她，而性交所带来的轻微疼痛是一种美妙的体验。她对性的痴迷愈演愈烈。第二天，艾米丽从宿舍搬到了莫汉的住处。

艾米丽爱莫汉。他的魅力让她着迷，她喜欢他做每件事的方式。做爱挑战了她对男女关系的概念，艾米丽想到她有一个像莫汉这样如此珍视和关心她的朋友是多么幸运。她想知道如何感谢莫汉给她带来的天堂般的幸福。

第二天，艾米丽带着莫汉去了一家汽车展厅，展示了一辆让她感觉与他如此亲近的汽车。莫涵欣喜地抱住了她，吻住了她的唇。他们定期前往迈索尔、班加罗尔、果阿、乌蒂、科代卡纳尔和钦奈，艾米丽很乐意为她心爱的男朋友花任何钱。

她很高兴听到妈妈在她的账户上存入了另外十万卢比作为礼物，艾米丽与莫汉分享了这个令人兴奋的消息，并告诉他他可以自由地经营她的银行以满足他的需要。

莫汉请了两个月的长假，告诉艾米丽他喜欢在最初的亲密日子里和她在一起。当他们密不可分的喜悦消退后，他开始从事法律工作。艾米丽拥抱了他，亲吻了他，表达了他的关心。

莫汉为艾米丽和他计划了一次国外旅行，前往爪哇、巴厘岛、吉隆坡、曼谷、吴哥窟和西贡。这次访问为期四个星期。

在没有通知妈妈的情况下，艾米丽和莫汉从高知直接飞往吉隆坡，在那里他们花了四天时间参观了几乎所有著名的旅游景点。艾米丽喜欢一切事物的创造性。在巴厘岛，他们度过了美好的时光，艾米丽像个小孩子一样和莫汉在海滩上玩耍。曼谷让她着迷，尤其是它的夜生活。成千上万穿着最低限度衣服行走的白人让艾米丽全神贯注，她告诉莫汉，当他们在自己的隐私范围内回家时，他们一定像那些游客一样。吴哥窟的宏伟让她着迷，西贡让她着迷。

艾米丽喜欢莫汉的占有欲。他就像一位年轻的父亲。

回到印度后，他们直接去了莫汉家。在检查她的银行账户时，艾米丽欣喜若狂，因为雷切尔又存了五十万卢比。尽管她已经花掉了大约一百八十万，但她的银行仍有一千七十万的余额。

星期六，她从科钦乘公共汽车去蒂鲁瓦拉去见妈妈。到家后，艾米丽发现房子里还住着另一家人。他们说她的祖母两周前去世了，伊丽莎白和雅各布把房子卖给了现在的居住者。新主人不允许艾米丽进入房子；她站在外面哭泣，想起了妈妈。

艾米丽除了莫汉的家外，无处可去，回来后，她讲述了整个故事。莫涵没有说话。一连多日，屋子里一片寂静。他没有告诉艾米丽，就开车去了球场并恢复了训练。艾米丽开始上大学，当她回来时，她独自一人在家，没有人可以说话。十五天内，她感到不安，让莫涵陪她去看医生。但莫汉却表示无能为力，因为当天他有危急情况，不会和她一起去。

艾米丽独自一人去了。

经过详细的诊断检查后，这位女士的医生告诉艾米丽她怀孕了。艾米丽体验到了狂喜；现在，一切都变了，有了新的意义、颜色和责任。她等待莫汉回来，当他晚上六点左右到达时，艾米丽微笑着告诉他，她怀孕了。她期待莫汉会高兴地拥抱她、亲吻她。但他没有反应，什么也没说；屋子里的各个角落都陷入了深深的沉默，瓦解了她对莫汉的信任。

第二天早上，莫汉没有通知艾米丽就去了他的办公室，艾米丽感到很奇怪；她乘公共汽车去她的大学。当艾米丽试图转账支付学期费用时，她发现账户里只有五万卢比。晚上，当她告诉莫汉，她的银行里有十六万五万卢比不见了时，他说他拿了这些钱是为了一些紧急需要，是为了照顾艾米丽的所有需要。

艾米丽信任莫汉，也相信他的话。

那天早上，艾米丽去上大学后，莫汉用一把新挂锁锁上了房子，然后去了他的办公室。当艾米丽晚上六点从大学回来时，莫汉还没从法庭回来。因为大门的钥匙在莫汉手里，所以她等待着。天黑了，艾米丽十点多就在外面等着。十点半左右，莫汉的车到家了。他打开门走了进去，艾米丽跟着他。莫汉让艾米丽睡在客厅里，感觉很奇怪。客厅里，她睡不着觉。

第二天，莫汉告诉艾米丽她需要堕胎，他已经在堕胎诊所做好了一切安排。艾米丽不敢相信他的话。

"你才十八岁，对于当母亲来说太年轻了，"他说。

"但我想保留这个孩子，"她回答道。

"我们现在养不起孩子，"莫汉说。

"你的做法很好，而且收入也足够高，"艾米丽争辩道。

"我需要钱买房子，"他说。

艾米丽用警惕的目光看着莫汉。

"你告诉过我这房子是你的，"艾米丽回答道。

"别问我。"莫涵尖叫道，言语中隐含的威胁在她耳边回响，与她的孤独和沉默融为一体。

这是一个警告；艾米丽感到害怕，并与恐惧作斗争。莫汉变了一个人，或者说他开始显露出他的真实本性。

艾米丽保持沉默。但她心烦意乱，想不惜一切代价救回孩子。她试图逃离莫汉；尽管如此，她别无选择。她的银行存款几乎为零，没有谋生的可能。没有地方可去，也没有亲戚。她感到很不幸；突然间，世界发生了变化，她感到害怕。

第二天，莫汉告诉她，他们将在两天内搬到新家，在此之前她需要堕胎。艾米丽沉默了。

"说。"莫汉提高了声音。

"我不想流产我的孩子，"她低声说道。

"听我的话。"他一边喊一边打了她两巴掌。

这些都是沉重的打击；血从她的鼻子里渗出来。黑暗持续了几秒钟。她感觉自己快要倒在地上了。疼痛难以忍受；这是第一次有人打她。当艾米丽在水龙头下洗脸时，她尝到了血的味道。她用手帕捂住鼻子，几分钟之内，手帕就被血彻底打湿了。艾米丽放声大哭，莫汉却装聋作哑。

她走到客厅，想躺下，但还是没睡好。剧烈的疼痛和流血让她感到不安，在努力了解真相的过程中，她失去了几分钟的知觉。

那天艾米丽没有去上大学，但莫汉却去法庭了。

下午，一位身材魁梧的女士来看望艾米丽。她开着莫汉的车，告诉艾米丽·莫汉让她带艾米丽去他们的新家，他会在那里等他们。艾米丽心存疑虑，但还是跟着去了。一路上，两人都没有说话。这名女子当时开车经过一个人流密集的地方，一个市场，半个小时后，就出现了交通堵塞。车子又停了半个小时。女子不耐烦，下了车，说出了事故，走在前边看能否继续行驶。

艾米丽透过窗户往外看。两边有数百家商店和其他场所。这里不是住宅区，她确信那个女人是带她去别的地方。她看到前方两百米处有一块红色背景的大牌，上面写着："堕胎诊所"。艾米丽脊背发凉。它蔓延到她的全身，粉碎了她的幻想。她没有多想，打开门，消失在人群中。

除了手提包，艾米丽身上什么也没带。她走得很快，走了一条小路，那是老高知的一部分。她跑了一个小时，已经到了海边。数百名渔民蹲在路两边的地上卖鱼。除此之外还有庞大的中国网络；阳光灼热，空气湿润，大海却出奇的平静。空气中弥漫着椰子油炸鱼的香味。她用杜帕塔遮住头，走得很快，但她不知道该去哪里，也不知道该做什么。

她从未去过那个地区。

艾米丽在拥挤的人群中孤独一人，像一只流浪猫一样孤独，害怕又胆怯，世界上没有人，没有属于自己的地方。血继续从她的鼻子里滴下来。她擦鼻子的时候，手指还沾着些许血迹。她的眼眸渐渐变得黑暗；她的头很沉；她坐在路边，一位中年妇女正在卖鱼。她坐在那里好久，仿佛动弹不得，感到头晕目眩，浑身不舒服。有一些顾客；女人忙着称重、清洗、切割、包装，全身心地投入到自己的工作中。她女儿根据鱼的品种、大小和颜色来排列鱼。越来越多的顾客来了，买了鱼，又走了，有的独自一人，有的三五成群，有的情侣；总是有讨价还价的。看着他们都很有趣，因为每个人都很忙，每个人都有回去的地方，有人在等人。慢慢地，顾客的数量减少了，每隔一段时间就会来一两个，然后就没有了。艾米丽坐在那里，看着母女俩幸福地投入工作。他们几乎把所有的东西都卖掉了，店里几乎空无一人，只剩下几块小鱼了。

"妈妈，我们走吧，没有顾客了。"十二岁左右的女孩一边说，一边把剩菜收进一个小篮子里。

"现在几点了？"女人问女孩。

"现在十点半了。"女孩回答道。

这条街现在几乎空无一人。一些渔妇离开了；他们也将残羹剩饭收集到篮子里，并折叠塑料布，在上面展示他们出售的鱼。

"你怎么坐在这里？你没买鱼吗？"女人问艾米丽。

"不，我什么也没买，"艾米丽说。

"那你为什么在这里？"女人问道。

艾米丽看着那个女人。她四十岁左右，身材魁梧，穿着一件及膝的宽松连衣裙。她的眼睛又大又黑，鼻子突出，嘴唇大。说话的时候，她的牙齿都露出来了。

"我无处可去，"艾米丽说。

女人看了艾米丽几秒钟，评估艾米丽的言语和表情。

"你怎么了？我可以看到血从你的鼻子里渗出来。"女人问道。

"我摔倒了，"艾米丽回答道。

这时，女孩已经完成了她的工作。篮子完好无损，塑料布折叠起来，刀具被小心地装在皮袋里并安全地系好。

"如果你没有地方，你会睡在哪里，"女孩看着艾米丽问道。她的声音里带着担忧。

"晚上不要留在这里；这里不安全，"该女子说。

艾米丽什么也没说。

"妈妈,让她跟我们一起去吧。她可以睡在我们家。"女孩说道。

女人再次看向艾米丽。

"跟我们走吧,"女人说道。

她帮助艾米丽站起来。尽管她的手冰凉,但触感却温暖而坚定。女孩提着装着皮包的篮子开始走路。她右手提着两个水桶;里面有未售出的鱼。女人把折叠好的塑料布套在头上。

"把水桶给我,我可以拿着它们,"艾米丽对女孩说。

女孩看着艾米丽。

"每天,我都这样做。放学后,我晚上六点左右来到这里,和妈妈坐在一起直到十点三十分。"女孩说。

"但是今天,我能坚持住,"艾米丽说。

女孩把装着鱼的桶交给了艾米丽,艾米丽感觉很好,好像她已经成为这个家庭的一员了。他们穿过海边大约十五分钟,来到一排长棚屋前,一共六间。每个避难所有十间房子,母女俩住在第五间棚屋,即第二间房子。房子漆成白色,保持干净,有客厅、卧室、厨房,角落里有厕所。

该女子的丈夫卧床不起;他是一名卡车司机,有一次在雨季,攀登西高止山脉时,他的卡车掉进了峡谷。他的脊髓被折断，八年来一直丧失行动能力。女儿像护士一样照顾父亲。这个女人对她的丈夫体贴又慈爱。

那个女人带艾米丽去了浴室。艾米丽洗了衣服，洗了个温水澡，穿上了女孩送的睡衣。午夜时分，他们一起吃了晚饭，有热米饭、炸鱼和蔬菜。艾米丽睡在客厅地板上，床垫上铺着棉床单。夜晚很冷，她盖上了薄被。艾米丽睡得很好。早上六点左右起床时，女人正在厨房忙碌，女孩则在学习。七点钟，他们吃完了早餐——普图、卡达拉咖喱、香蕉和滴滤咖啡。女人告诉艾米丽，早上八点，她要去海边买鱼，上门推销，下午一点回来，做饭，喂丈夫，然后再去海边。三个人去鱼街买鱼，卖到晚上十点三十分。女孩九点左右去学校，晚上四点回来。她从六岁起就开始帮助她的母亲。

这名妇女在一个盖着白纸的纸餐盒里准备了两个食品包。

"请你拿着吧，你可能会觉得饿，在路上，无论你走到哪里，你都可以吃它，"她说。

"太感谢了。我不知道该说什么，"艾米丽说。

"我在包里放了五十卢比，除了你的公交车费外，这足够你两天的开支了，"这位女士一边说，一边递给她一个小单肩包，里面装着一些干净的衣服和两瓶水。

艾米丽哭了。她的心里充满了感激。

"再见，"女孩说。

"祝你玩得开心。"女人祝愿道。

艾米丽一边走一边想到要去五十三公里外的阿拉普扎。她不想在城内坐公交车，就乘坐小货车南下。一个小时内，她又找到另一辆卡车前往阿拉普扎的库塔纳德，将活鸭带回城里。司机旁边的座位空着，他免费让给了艾米丽。一个小时之内，他们就到达了阿拉普扎，艾米丽想去十到十五公里外的养鸭场。

在库塔纳德，有数百名养鸭户。艾米丽和司机一起去了六个鸭场，司机在那里购买了四百只鸭子。农夫养了一千五百多只鸭子，还有大约五百只小鸭子。艾米丽问他是否可以给她一份工作。

农夫和他的妻子以及两个孩子积极从事养鸭业，两名全职工人白天带着鸭子到各个稻田。一旦蛋孵化出来，小鸭子出来，它们就会不断地从一片稻田迁移到另一片稻田，持续十二个月。许多鸭子在地里产蛋，工人们把它们收集在篮子里。晚上，他们把鸡蛋和鸭子一起带回院子里。一些鸭子在院子里下蛋。十二个月以上的鸭子被出售作为肉食。

在与妻子协商后，农场主向艾米丽提供了一份工作，月薪五百卢比，住宿条件是鸭场附属的一间小屋，里面有一个房间、一个做饭的平台和一个小厕所。艾米丽很高兴得到这份工作，她的工作包括将鸡蛋包装在蛋盒中，并以该特定农场的名义密封。每天大约有七百五十到八百个鸡蛋。艾米丽必须维护账簿，记录出售给不同机构的鸡蛋和活禽、收到的钱、支付的工资、购买的饲料和其他费用。

库塔纳德的稻农鼓励养鸭，因为它利润丰厚。鸭子不需要栖息空间，但它们被饲养在一个称为鸭场的封闭区域，靠近稻田并靠近房屋，以免受捕食者的侵害。艾米丽喜欢这份工作，她一整天都很忙。农夫的妻子很友善。她几乎每天都给艾米丽煮饭，包括咖喱鸭、炸鱼和不同的米饭。一旦她知道艾米丽怀孕了，她就会定期带她去看妇科医生，寻求咨询和医疗帮助。

当艾米丽在农民家里待了七个月后，禽流感突然在库塔纳德蔓延。它传播得很快，每天都有数千只鸭子死亡。政府派出志愿者到受影响地区扑杀鸟类。在艾米丽的农场，几乎所有鸭子都在三天内被扑杀，并在田里焚烧它们的尸体。很快，艾米丽失业了，农民损失了数十万卢比。农夫的妻子告诉艾米丽，她可以留在她身边，他们会承担她分娩的所有费用。但艾米丽不想给他们增加负担，第二天一早就离开了他们。

她乘船前往库玛拉孔寻找工作，因为那里有很多船屋和餐馆；来自国外和印度不同邦的数百名游客参观了库塔纳德回水区周围的旅游景点。由于她怀孕了，许多船屋和餐馆都拒绝了她的求职请求。艾米丽在找工作的路上一直徘徊到晚上。天黑时，她发现路边有一家铺着棕榈叶的餐馆，由一位妇女和她的丈夫经营。他们都是孟加拉人。他们有两个小孩。艾米丽询问他们是否可以与他们合作，为顾客提供茶和食物，包括洗涤和清洁用具。这对夫妇很友善，告诉她他们已经准备好为她提供一份工作，她可以在那里吃饭和睡觉。

餐厅主要供应孟加拉菜；大多数顾客是来自孟加拉、奥里萨邦和阿萨姆邦的劳工，他们来这里吃早餐、午餐和晚餐。菜单上的主要菜品有米饭、各种鱼类制品、不同类型的糖果和茶。艾米丽的工作是提供那位女士烹制的食物。她的丈夫打扫餐厅、清洗餐具并负责采购。艾米丽和这对夫妇一起吃饭，睡在地板上。艾米丽和他们在一起的日子很快乐，因为她的雇主尊重和关心她。

然后警察队来了；他们很无情。由于该餐厅建在政府土地 Porompokku 的路边，警察在十分钟内拆除了棚屋并将其烧毁。什么也没有剩下；连器皿都被毁掉了。这对孟加拉夫妇失去了一切；他们的孩子站在路边哭泣。

这位女士拥抱艾米丽，哭泣，并给了她两个月的工作费五百卢比。

艾米丽步行到科塔亚姆，距离大约十五公里。她的钱包里有九百五十卢比，打算住在那里的一家妇产医院。大约走了五公里，一辆车停在了她的面前。车上的一名女士问艾米丽要去哪里，她回答说她要去科塔亚姆的银禧公园，因为她知道附近有几家妇产医院。女子扶她上车，十五分钟内就到达了银禧公园。当艾米丽从车里出来时,她感到很疲倦。她想再坐下来。她漫步走进公园,在长凳上坐了几个小时。当库里恩,一个黝黑矮小的男人站在她面前时,她知道有人在那里帮助她。库里恩有一颗充满同情心的心。当卡纳塔克邦警察袭击并杀害库里恩时,他们看不到一个热爱艾米丽和托马·昆吉的充满活力的中心;对他们来说,对家庭的爱是无形的、不存在的。随着艾米丽脸部、胸部和腹部的每一次打击,他们为艾米丽建造了绞刑架,她的绞刑架是一个十字架,矗立在她位于艾扬昆努的教堂前。托马·昆杰(Thoma Kunj)看到她悬挂在两千多年前死在耶路撒冷郊区的裸体耶稣上方。库里恩(Kurien)死在迈索尔坎努尔高速公路(Makkoottam)附近的森林里,艾米丽(Emily)就在基督的信徒面前。

托马·昆吉的绞刑架是在独立的印度建造的,在那里,沉默寡言的谋杀犯被绞死,但发声的人却成了政客和部长。绞刑架以汉谟拉比、边沁和莫汉的名义矗立在那里。绞刑架上有两个绞索,可供两名囚犯使用。托马·昆吉(Thoma Kunj)无意中听到终身监禁者谈论这件事时就知道了这一点。政府对公民使用绞刑架,就像乔治·莫肯屠宰场的猪断头台一样。但在绞刑架上,人类就是猪。

绞索

奥德修斯和他的儿子忒勒马科斯将十二个女仆用绳子绞死在绞刑架上，因为他们认为自己的仆人在奥德修斯不在的时候对奥德修斯不忠。第九节课，老师讲解了《奥德赛》中的一段话，托马·昆吉很专心。

"《奥德赛》的作者是谁？他用什么语言写的？"老师问安比卡。

"《奥德赛》的作者是荷马，他用希腊语写的，"安比卡回答道。

奥德赛是什么类型的文学？"这个问题是针对阿普的。

阿普环顾四周，没有得到答案。老师重复了这个问题并请 Thoma Kunj 回答。

"这是一首史诗，"托马·昆吉说。

谁能说出奥德赛的中心主题是什么？"老师看着大家，问道。

"课堂上一片寂静，学生们似乎在进行深刻的反思；托马·昆吉举起了右手，老师允许他发言。

"奥德赛有三个主题——热情好客、忠诚和复仇，"托马·昆吉解释道。

"你回答得很好,你从哪里学来的?"老师一边恭喜,一边问道。

"我母亲给我讲过许多史诗的故事,《摩诃婆罗多》、《罗摩衍那》、《奥德赛》、《Silappathikaram》、《吉尔伽美什史诗》和《失乐园》。她是一个很好的讲故事者,我从她身上学到了很多东西,"托马·昆吉说道。

老师和其他同学都默默地听他讲话。他们知道艾米丽一年前去世了,托马·昆吉尽管心情沮丧,但仍继续学业。周末和节假日,他在乔治·穆肯的猪圈里工作,尽管乔治·穆肯和帕瓦西表示愿意收养他。但托马·昆吉(Thoma Kunj)坚持独立生活并工作谋生。

艾米丽讲述了伊萨卡国王奥德修斯的故事。史诗重申了他在特洛伊战争后返回家园的斗争以及他与妻子佩内洛普和儿子忒勒马科斯团聚时的英雄事迹。荷马受到命运、诸神和自由意志概念的影响。人类被赋予自由意志并对自己的行为负责,这是史诗的核心哲学。自由意志的概念是希腊思想的核心支柱,影响了西方关于人类自由的思想。宗教、哲学、文学、法律和政治都是在自由意志的基础上发展和繁荣的。除此之外,一些独特的力量塑造了人类的生活,例如虔诚、习俗、正义、记忆、悲伤、荣耀和荣誉,但它们服从于自由意志。听艾米丽讲述这些故事真是太好了,托马·昆吉坐在她身边,全神贯注于她的话。

瓦尔盖斯 V 德瓦西亚

"我们在很大程度上对自己的行为负责,但不是完全负责,"艾米丽说。

"为什么我们不负责任?"托马·昆吉提出疑问。

"我们是自然和培育的产物。我们内在和周围的某些事物塑造了我们;我们无法改变它们,只能接受它们。在我们生活的某些方面,我们是创造者,因此我们可以改变这些行为并对这些行为负责,"艾米丽解释道。

托马·昆吉(Thoma Kunj)有不同的看法。

自由意志是一个矛盾。如果人类是自由的,他们就会决心自由,但他们不可能自由。如果人类不自由,就注定不自由,自由意志就不可能存在。人类就像乔治·穆肯猪圈里的牲畜一样;他们从未要求出生,从未对被阉割感兴趣,也从未希望被送上断头台。世界是上帝创造的一个巨大的屠宰场,每个人都是一头需要被阉割才能进入天堂的小猪。上帝创造了天地,这对托马·昆吉来说是个谜;天或地足矣,皆无必要。上帝在把人类推入天堂或地狱之前,应该克制自己不要在地球上考验他们。托马·昆吉一个人在家,想到这件事,他默默地笑了。

"你相信有天堂和地狱吗?"当他们步行去学校时,托马·昆吉(Thoma Kunj)询问了他最好的朋友安比卡(Ambika)。

不,"安比卡说。

"为什么?"托马·昆吉问道。

"我父亲告诉我,所有宗教都是基于虚假故事,而不是历史事实。就像奥德赛一样,每一种宗教都是从其作者和创始人的想象力中发展起来的,正如我们的老师在课堂上解释的那样。"

"那什么不是假的?"托马·昆吉问道。

"对我父亲来说,共产主义本身并不虚假。这是弱势群体、被压迫者和工人的声音。"安比卡回答道。

"你相信你父亲的话吗?"托马·昆吉问道。

"当然,他不会说谎。"安比卡笃定地说。

托马·昆吉想问安比卡,为什么他的父亲和他的朋友们会袭击政治对手的房屋,用斧头将他们砍成碎片,或者在他们的地方投掷国产炸弹。安比卡父亲活跃的青年组织在喀拉拉邦各地制造了许多杀戮事件,其他人则进行报复,有时甚至发起暴力。但托马·昆吉没有问安比卡,因为他不想伤害她。

安比卡的父亲是坎努尔的党内主要工作人员,他手下有数百名年轻人为他和他的老板做任何事。他的许多同伴没有工作,因为他们总是忙于煽动、抗议、焚烧公共财产、暴力和杀戮。小型工业、教育机构和其他政党的青年派系是他们的目标。由于他们的努力,喀拉拉邦的许多行业都关门了，安比卡的父亲和他的追随者们用酒精和印度烤鸡庆祝了他们的胜利。失业和就业不足是让失望的年轻人加入他们的行列所必需的。他们大声反对美国，暗中不惜一切代价试图获得绿卡。他们的精英经常前往阿联酋、欧洲国家和美国进行商务和专家医疗。有些人沉迷于走私毒品、黄金和奢侈品。

托马·昆吉（Thoma Kunj）看到许多年轻人提着水桶挨家挨户地流浪，收集现金和包装好的食物。到了晚上，他们的水桶就满了。没有强制捐钱的行为，但那些不愿意付钱的人却经历了年轻旅的施压策略。

阿米卡（Amika）在一起步行上学时与托马·昆吉（Thoma Kunj）分享了许多关于她父亲的故事。她信任他并且爱他。当 Thoma Kunj 击中 Appu 时，Ambika 正在课堂上。

学校校长宣称，托马·昆吉应对自己的行为负责，他打了阿普的脸，阿普的牙齿都掉了下来。这是托马·昆吉第一次也是最后一次对某人发脾气。他无法控制自己；反应超出了他的预期。没有人询问是什么激怒了托马·昆吉（Thoma Kunj），他是一个表现良好、没有暴力历史的年轻人。没有人关心阿普的脏话。

"你的母亲是一名维希亚人，"当老师缺席时，阿普在课堂上对托马·昆吉说道。他很嫉妒 Thoma Kunj，因为他是一个好学生，几乎回答了课堂上所有的问题，而且英语说得很好。令 Appu 兴奋的是，Thoma Kunj 能够回答老师提出的问题，说他的母亲描述了不同史诗的故事。阿普嫉妒得要命。他决心在所有学生，尤其是女孩子面前羞辱托马·昆吉。阿普知道托马·昆吉对安比卡有着特殊的感情，他等待机会在她面前羞辱托马·昆吉。最好的办法就是说托马·昆吉已故母亲的坏话。阿普从他的朋友那里听说，牧师在周日的布道中称她为维夏。对于阿普来说，这是蔑视托马·昆吉最合适的词。

托马·昆吉比阿普更高、肌肉更发达、更壮实。库里恩身材矮小，阿普已经提出了为什么托马·昆杰的父亲长得不像他的问题。他大声笑，这是托马·昆吉所讨厌的，但他对阿普并无恶意。

"托马·昆吉，别傲慢；每个人都知道你的父亲和母亲。就连安比卡都知道你妈妈是维夏。"阿普咆哮道，全班同学都看着托马·昆吉。他不喜欢任何人说他父母的坏话，尤其是他母亲的坏话。她是一个心地善良的好女人，对他的爱无以言表，他决不能接受任何人羞辱她。作为勇气的化身，她与社会上的邪恶、那些欺骗她、伤害她的人作斗争。托马·昆吉的眼睛里充满了愤怒。他双手握成拳头；托马·昆吉用尽全力击打阿普的脸。

阿普失去知觉，立即被老师送往初级保健中心。一天之内，他的父亲向警察局举报了班主任兼校长托马·昆吉(Thoma Kunj)。阿普一天之内就被转移到医院，并在那里呆了两周。他接受了矫正牙齿、牙龈和嘴唇的手术。

校长怒吼道；他的眼睛凸出来了。这是 Thoma Kunj 第一次来到他的小屋。那里还有其他几位老师；没有人对托马·昆吉表示同情，仿佛称他的母亲为妓女并不邪恶，也不会产生任何后果。托马·昆吉没有看老师，因为他能读懂他们的反应。他的班主任就在那里，经常赞赏 Thoma Kunj 在课堂上和考试中的表现。但班主任也沉默了。

"你为什么打阿普？"校长怒吼道。

阿普虐待他死去的母亲，并称她为妓女，这就是答案，托马·昆吉认为这是一个可靠的答案，足以消除他的罪恶感。阿普出身于一个富裕的家庭；他有父母来监督他的福利。但托马·昆吉是个孤儿。除了帕瓦西和乔治·穆肯之外，他没有其他人。有父母的人更坚强，有父母的人更坚强。托马·昆吉（Thoma Kunj）很清楚这一点。即使是艾扬昆努森林里的小虎崽也不能过孤儿生活；鬣狗等着把它吃掉。他在库斯哈纳加拉附近的杜巴雷大象营看到一头大约六个月大的小象，没有母亲。孤独无助，就像一个不知在巴拉普扎洪水中游泳的人。聪明或在课堂测试中取得高分还不够；需要的是父母的支持和保护。托马·昆吉很孤独，就像一只送馅饼的狗或一头被送上断头台的猪。

"不要试图为自己辩护，"校长喊道。

托马·昆吉看着他。他右手拿着拐杖。

他的背部和臀部遭到一次又一次的打击。第一次有人用鞭子打托马·昆吉，藤条不断地落在他身上，就像剥了他的皮一样。没有老师求饶，也没有人关心他的痛苦。六名成年男性大声吼叫。

托马·昆吉感到很受伤，因为没有老师对鞭打做出反应。

"别打我，"托马·昆吉恳求道。

突然一片寂静。就像雷霆过后的寂静。

"你说什么？你竟然敢指挥学校的校长？"班主任尖叫道。

班主任继续鞭打托马·昆吉的肩膀和胸部。

"不要为自己辩护。你的行为是严重的罪行。"班主任一边殴打托马·昆吉一边尖叫道。

"不要为自己辩护，不要为自己辩护，不要为自己辩护，"托马·昆吉（Thoma Kunj）听到了一千次这样的回声。教学楼的墙壁周期性地回响着。

"停下来！"帕瓦西喊道，冲进船舱。这是一个命令。

老师们难以置信地看着她，全场鸦雀无声。

"你到底有多没心没肺？你们这些残忍的人，像对待疯狗一样殴打孩子。他做错了事，但不代表你可以组建犯罪团伙来打他。你没有权利如此残忍地剥他的皮。他是一个孤儿；这并不意味着你有杀死他的许可。"帕瓦西的话就像狂风以前所未有的力量吹向强大的萨亚德里，树木连根拔起，岩石摇晃。

帕瓦西领着托马·昆吉上了她的吉普车，然后扬长而去。

一天之内，少年法庭法官拘留了托马·昆吉。乔治·穆肯和帕瓦西立即到达法庭并为他的良好行为提供保证。治安法官在乔治·穆肯和帕瓦西的照顾和保护下释放了托马·昆吉。

托马·昆吉卧床不起一个月。帕瓦蒂日夜陪伴着他，为他做饭、喂养和照顾他。她安排了一名医生每天去看望他，并安排了一名家庭护士来照顾他。

一个月之内，托马·昆吉就收到了学校的通知，要求他下乡。很快，乔治·莫肯赶到了学校，但校长态度坚决。乔治·穆肯（George Mooken）恳求校长给托马·昆吉（Thoma Kunj）一张转学证明，让他可以加入另一所学校；尽管如此，校长还是驳回了他的上诉。

托马·昆吉（Thoma Kunj）的教育就此结束。他的梦想是成为一名工程师，他哭了很多天。很难想象没有教育、没有获得知识、没有获得专业学位的生活。持续的痛苦使他笼罩在失败感之中。就像雾气笼罩了艾扬昆努山脉好几天，包围了群山，蔓延到了椰子树和橡胶树上。托马·昆杰像一头被阉割的小猪一样哭泣，因为他不敢相信最糟糕的命运降临到了自己身上。他梦见与想要嘲笑他的巨大生物战斗。他深思着自己的行为所要承担的责任，彻夜难眠，为自己感到羞愧。羞辱压倒了他，就好像他做了一件厚颜无耻、相当邪恶的事情，而且没有任何回报。无处可逃，他一生都在受苦，无法得到救赎，生活的负担无处不在，沉重而巨大。

托马·昆吉（Thoma Kunj）感到自己陷入了僵局，没有任何希望，并对自己的命运感到恐惧。他本想为自己的行为辩护，但班主任的话却像一场冰雹，旋风的前兆，将他砸得粉碎，连椰子树都被连根拔起。有时，对殴打阿普的悔恨会困扰他很多天，托马·昆吉不断地打自己的脸。一种不够优秀的感觉压垮了他，他喊道："我永远不会为自己辩护，无论付出什么代价。"这是一个誓言，以他母亲艾米丽的名义发下的誓言。

抑郁使他的思想变得扭曲。

人不是为了保护自己，而是为了别人。但他会迷失在别人自私的泥沼中。人类是自私的，并试图拯救自己。这是一种令人痛苦的感觉，托马·昆吉意识到自己的情绪，有什么东西在他的胸口不断燃烧，就像一座随时可能爆发的火山。他想知道他不为自己辩护的决定是否是一个谨慎的、理性的选择。这是他的失败和痛苦的复制、回声吗？对他的决定的持续焦虑使他崩溃了一千个。他感到全身肌肉紧张，走路、做任何事情、甚至吃饭和躺下都困难。帕瓦西要求他专注于自己的日常生活，不要去想生活中发生的悲惨事件。托马·昆吉久久地看着帕瓦西，但他却无法用言语来表达他的焦虑和担忧，他的思维有时不合逻辑。托马·昆吉坐在帕瓦西身边，哭得像个孩子。他想起了艾米丽，体验到了她的存在；对他来说，帕瓦西正在演变为他的母亲。

托马·昆吉花了大约六个月的时间才从抑郁症中恢复过来，他明白正是因为帕瓦西，他才重新找回了自我。托马·昆吉（Thoma Kunj）成长为一个新人，并向帕瓦西（Parvathy）和乔治·穆肯（George Mooken）表达了在他们的猪圈里工作的愿望。很快，托马·昆吉就开始了他的工作，学会了阉割仔猪的技术，每月大约有二十到二十五头仔猪。其余时间，他为乔治·穆肯担任水管工、电工和会计师。

托马·昆吉（Thoma Kunj）翻新了艾米丽（Emily）和库里恩（Kurien）建造的房子。客厅里挂着一张他十岁左右、父亲去世前夕与父母坐在一起的大幅照片。临睡前，他热切地跟他们说话，告诉他们那天发生的事情，并逐一解释。他能听到他们在和他说话，谈话持续了一个小时。

与帕瓦西和乔治·穆肯一起工作是一件很愉快的事情。每天晚上，托马·昆吉都期待着第二天与他们见面。除了阿南和圣诞节等节日，尽管他们坚持每天都要吃饭，但他还是借口不和他们一起吃饭。他想要独立，体验他的自由和沉默。

托马·昆杰（Thoma Kunj）珍惜他们的陪伴，因为他们爱他、尊重他、信任他。

那是一个周日的早晨。"Thoma Kunj，"这是他几个月来一直在等待的声音。站在庭院里，看着托马·昆吉，安比卡的眼里充满了幸福。

"我想过来参观。每天一想到你，我就感到一种空虚。很多天，我在去学校的路上寻找你。你为什么停止上学？好几天没有见到你，我的心情很沉重。请回学校吧。"安比卡说了很多话，呼吸困难，但脸上却流露出希望。

"安比卡，我身体不太好。但我每天都在想你。我很高兴认识你。"他回答道。

"你为什么不回学校？"

"我已经被乡村化了。我不再是学生了。校长拒绝给我转学证明以进入另一所学校，"Thoma Kunj说。他的话语清晰而柔和，没有仇恨或报复。

安比卡惊讶地看着他，似乎不敢相信自己所听到的。情绪突然爆发。他看到她在抽泣，表达着她的悲伤。

"托马·昆吉，我爱你。当我长大后，我想嫁给你。"安比卡看着他的眼睛说道。真相来自她的灵魂，像她的心一样悸动。她第一次谈论爱情，同样不拘礼节，用平实的语言。

瓦尔盖斯 V 德瓦西亚

"我也爱你，安比卡。我经常想你。我梦见我们一起游过河。"托马·昆吉看着她的眼睛，慢慢地说。

"我会等你，一个人，"她离开时说道。

突然，有人触碰了托马·昆吉，那是除了父母之外，他所经历过的最有力、最坚固、同时也更有关怀的手。上帝之手。当那只手轻轻地把他引向最终的目的地，绞刑架下时，他清晰地感受到了这一点。他等待那只手已经很多年了，甚至是永恒。他的心神有一瞬间的躁动，但尽管四周一片寂静，他还是努力倾听着周围的声音。就好像有一股电流从无限的手指流过，回到他的身体的感觉。托马·昆吉（Thoma Kunj）被永恒的临近和千载难逢的经历所吸引，他看着自己。这是创造的经历，宇宙的开始，新亚当从泥土中出现，就像陶工塑造罐子一样，舒缓、温柔、无处不在。他是那个被从伊甸园驱逐到黑暗监狱的人。他是一个无辜的人，他把罪孽扛在肩上，就像十字架扛在各各他山上一样。托马·昆吉知道，触摸他的手是刽子手的手。上帝进化成了刽子手，托马·昆吉就是基督，他向前迈了一步，赤脚能够感应到绞刑架的脚踏板，拉动杠杆，绞刑架就会向坑口打开。脚手架的脚步平稳，站在上面就像是十一年等待后的至高成就。一年的单独监禁终于结束了，每天从凌晨三点到五点等待着脚步声。人们好奇地想要触摸和体验绞刑架，感受绞索的粗糙度以及在采石场内晃来晃去的感觉。刽子手绑住双腿，他能感觉到身体的沉重，却感觉自己仿佛站在珠穆朗玛峰的顶峰。双腿上的绑带是永恒的拥抱，温柔而柔软，但却坚实而无法逃脱。

但安比卡的第一次拥抱是令人愉快的，在他存在的每个细胞中产生了旺盛的闪电，就像阿伊扬昆努森林附近的山坡上熊熊大火一样。

"托马·昆吉，"她喊道。恐惧正在吞噬她的双眼。

"我的婚姻是我父亲安排的。"安比卡浑身发抖。她还不到十六岁，正在读高中一年级，上完第十课。当他站在家门口时，安比卡跑向他。

她紧紧地拥抱着他，将他的嘴唇含在嘴里。她的舌头掠过他的脸颊和下巴，就像一头小母牛吞咽着乳头，用鼻子压着母亲的乳房。他的上唇、脸颊和下巴上方的髭毛不那么黑和粗糙，却被她的唾液弄湿了。

"进来吧。"她拉着他进去，低声说道。这是安比卡第一次走进他的房子。她再次紧紧地拥抱着他，亲吻着他的脸颊。

她的脸和手都被狠狠地打肿了。

"我父亲强迫我嫁给一个我讨厌的人。他领导着马克思主义党的青年翼复仇小队，"安比卡一边哭一边说道。

"安比卡，"托马·昆吉反复叫着她的名字。

"我们要逃离这里。我想与你同生共死。当我拒绝嫁给魔鬼时，我的父亲殴打了我；他为我选择。整整一个星期，我都被锁在一个房间里。"安比卡的话虽然不清楚，但却传达了她所经历的深深的痛苦。

"我准备好了，Ambika，让我们去 Virajpet、Gonikoppal 或 Madikeri。我们可以在那里过上幸福的生活。来吧，我们一定能逃离这个地狱。但我们都才十六岁，还得等两年才能结婚。"托马·昆吉回答道，握住她的手，将她放在胸前。他能感觉到她小小的乳房贴在他的胸口上。

"安比卡！"外面传来一阵轰鸣声。

托马·昆吉看到一群人拿着斧头和车床。两人冲了进去。他们将安比卡从托马·昆杰（Thoma Kunj）手中救了出来。

"该死的猪，你将为你的罪行而受苦。"安比卡的父亲拖着女儿对托马·昆吉喊道。

"如果你来追她，我们就会砍掉你的头。你将如何照顾她？"你连小胡子都没有。"一名年轻人喊道，用简陋的剑指着托马·昆吉的脖子。

"托马·昆吉，"安比卡的抽泣听起来就像暴风雨前黄昏中罗望子树叶的低语。

当托马·昆吉走向绞刑架时，持剑的年轻人是喀拉拉邦的教育部长，托马·昆吉不知道当托马·

昆吉去修理宿舍里的管道时，藏在女子宿舍房间里的不是同一个年轻人。

死刑是为了偿还强奸和谋杀未成年女孩的行为；不管凶手是谁，总要有人受到惩罚。还是为了拥抱安比卡，回报她的爱与信任？可能对双方都有利。由于监禁是必要的，绞刑架上的死亡是不可避免的。无辜者可以抹去罪行、污点和罪恶。被绞死是对强奸、勒死和谋杀的微不足道的补偿，但死亡是最后的补偿。托马·昆吉（Thoma Kunj）对成为上帝祖国教育部长的议员之子无能为力。

他感觉到旁边站着另一个犯人，也能感觉到他粗重的呼吸声。后宫的气息笼罩着托马·昆吉。那里有马什拉比亚（Mashrabiya），阿巴亚斯的妃子，阿基姆（Akeem）右手拿着弯刀寻找拉扎克（Razak），左手拿着埃及人血淋淋的砍头。

"是你吗，托马·昆吉？"是一个微弱的声音。托马·昆吉立即认出了这个声音。

"拉扎克，"托马·昆吉低声说道。

"我用矛刺穿了她和她的情人，就像阿基姆的矛一样。尖刺穿过心脏；她已经怀孕四个月了。"拉扎克的声音微弱。

"但是……"托马·昆吉无法完成他的话。

"阿基姆占据了我。杀戮有一种性满足，一种被阉割的男人的快乐。我在另一座没有绞架的监狱里。我昨晚就到了这里。"

"拉扎克，我很抱歉，"托马·昆吉低声说道。

"这是我一生的成就；我可以向帕达雄证明，没有他我也能生存。我不需要七十二个小时，"拉扎克低声说道。

突然，托马·昆吉听到了地方法官的声音。他正在读逮捕令。第一个是 Razak 的，然后是 Thoma Kunj 的。

有人在托马·昆杰耳边低声说道："对不起，兄弟，我正在尽我的职责。"

托马·昆吉能感觉到脖子上套着绞索，刽子手在几秒钟内就把它收紧了。绳结抵住了他的喉咙，这样托马·昆吉就可以立即死亡，而不会感到疼痛，脊髓也会断裂。他是一只小猪；当刽子手将数以千计的小猪的头推入屠宰场时，他听到了他的兄弟姐妹猪的尖叫声，就好像德瓦·莫伊的咖啡种植园上空遇到了黑色的季风云。士兵站在乔治·穆肯面前，手里拿着双管枪躺在地板上，准备将他女儿丈夫的头打成碎片。尖叫声听起来就像是穆罕默德·阿基姆握着沾满埃及妃子鲜血的剑发出的恐怖呼喊：

"安拉，我要砍下穆赫德的头。"

然后就是异象。法官出现在托马·昆吉面前。六十岁左右，一头银发飘逸。站在 Thoma Kunj 附近，发出咕噜声：

"你是我的儿子，我唯一的儿子。我对你很满意。"他的声音就像火车的汽笛声。

"不，你不能成为我的父亲，"托马·昆吉敞开心扉。

"儿子，我非常爱你。我在这个世界测试你是否能在下一个世界获得永生。"法官试图哄骗托马·昆吉，为他的行为合理化。

"你太邪恶了，你折磨了我妈妈。对你来说，只有你的生命才是宝贵的，你所做的一切都是为了你的快乐，你的决定永远是最终的。"托马·昆吉喊道。他想知道自己从哪里来的勇气去面对法官。

"请接受我作为你的父亲，"法官恳求道。

"库里恩是我的父亲，艾米丽是我的母亲。走开，迷失在地狱里。"托马·昆吉尖叫道。他的声音像阿拉伯海上的旋风一样回荡在各处。

整个世界都在颤抖，仿佛电闪雷鸣，万道闪电。托马·昆吉（Thoma Kunj）可以感觉到艾扬昆努教堂前的花岗岩十字架倒塌。它分成三等份。

安比卡正在和他说话；她看起来很可爱，就像梵天河上的晨雾。他们在科达古的某个地方，在他们的咖啡种植园里，安比卡和托马·昆吉坐在他用柚木制作的沙发上。阳台上弥漫着滴滤咖啡的迷人香气。他喜欢它的气味，也很享受妻子的陪伴。她看着他，微笑着。他们的孩子在院子里玩耍，一共三个，都是女孩。

天堂里发生了政变。由于寡不敌众，胡里斯从安拉和忠实的男性信徒手中解放了天堂，将他们推入了失去女人以获取性快感的圣殿。在天堂的出口处有一个埃及女人，她的头颅被砍下，穆罕默德·阿基姆。

没想到 Thoma Kunj 听到了 Razak 最后的哭声。就像阿拉伯沙漠里一场猛烈的沙尘暴：

"阿米拉。"

关于作者

Varghese V Devasia 是塔塔社会科学研究所前教授兼院长，也是塔塔社会科学研究所图尔贾布尔校区的负责人。他曾任那格浦尔大学 MSS 社会工作学院教授兼校长。

他在孟买塔塔社会科学研究所攻读坎努尔中央监狱附属博斯特尔学校的硕士学位，专攻犯罪学和惩教管理。在获得法学学士学位时，他专注于刑法；他的哲学硕士学位论文是关于刑事杀人罪的。他在那格浦尔大学研究了那格浦尔中央监狱的 220 名被定罪的杀人犯，并获得了博士学位。他获得班加罗尔印度国立大学人权法文凭和哈佛大学司法成就证书。

印度内政部在其《印度犯罪学杂志》上发表了一些开创性的研究成果，例如《刑事凶杀案中男性监狱囚犯的性行为》、《刑事凶杀案中的受害人协会和互动》以及《刑事凶杀现象》和犯罪学。他的文章《男性女性凶杀案中的受害人犯罪关系》发表在《印度社会工作杂志》上，是一篇被广泛引用的研究论文。他出版了约十本犯罪学、惩教管理、受害者学和人权方面的学术参考书。

他撰写了短篇小说集《大眼睛的女人》，由伦敦奥林匹亚出版社出版。他因其处女作《上帝之国

的妇女》 而获得年度小说作家奖，该小说由科塔亚姆 Book Solutions Indulekha Media Network 出版，并由 Ukiyoto Publishing 授予。浮世出版社出版了他的小说 *《独身者》* 和 *《阿玛亚佛》* 。他是马拉雅拉姆语中篇小说 *《Daivathinte Manasum Kurishuthakarthavate Koodavum》* 的作者，由卡利卡特 Mulberry 出版社出版。他住在喀拉拉邦科泽科德。

电子邮件：*vvdevasia@gmail.com*

www.ingramcontent.com/pod-product-compliance
Lightning Source LLC
LaVergne TN
LVHW041711070526
838199LV00045B/1303